KB147142

김종태 평론집

운명의 시학
Poetics of Fate

김종태

1971년 경북 김천에서 태어나 고려대학교 국어교육과를 졸업하고 같은 대학원 국어국문학과에서 「정지용 시 연구」로 문학박사 학위를 받았다. 1998년 『현대시학』으로 등단한 이후 시인과 평론가로 활동하면서 연구서 『한국현대시와 전통성』(하늘연못, 2001) 『정지용 시의 공간과 죽음』(월인, 2002) 『대중문화와 뉴미디어』(2인 공저, 월인, 2003) 『한국현대시와 서정성』(보고사, 2004) 『문화콘텐츠와 인문학적 상상력』(3인 공저, 글누림, 2005), 평론집 『문학의 미로』(하늘연못, 2003) 『자연과 동심의 시학』(보고사, 2009), 시집 『떠나온 것들의 밤길』(시와시학사, 2004) 『오각의 방』(작가세계, 2013), 시나리오창작집 『이 외출이 행복하기를』(하늘연못, 2005), 교과서 『고등학교 문학 I, II』(7인 공저, 천재문화, 2012) 등의 저서를 간행하였다. 제4회 청마문학연구상, 제3회 시와표현작품상 등을 수상하였다.

현재 호서대학교 문화콘텐츠창작전공 교수로 재직하고 있다.

푸른사상 평론선 24

운명의 시학

인쇄 · 2015년 2월 2일 | 발행 · 2015년 2월 10일

지은이 · 김종태
펴낸이 · 한봉숙
펴낸곳 · 푸른사상
주간 · 맹문재 | 편집 · 지순이, 김선도 | 교정 · 김수란

등록 · 1999년 7월 8일 제2-2876호
주소 · 서울시 중구 충무로 29(초동) 아시아미디어타워 502호
대표전화 · 02) 2268-8706(7) | 팩시밀리 · 02) 2268-8708
이메일 · prun21c@hanmail.net / prunsasang@naver.com
홈페이지 · http://www.prun21c.com

ⓒ 김종태, 2015
ISBN 979-11-308-0324-1   93810

값 19,000원

푸른사상
평론선

24

Poetics of Fate

운명의 시학

김종태

푸른사상
PRUNSASANG

　세 번째 문학평론집『운명의 시학』을 엮는다. 2003년에 간행한『문학의
미로』, 2009년에 간행한『자연과 동심의 시학』에 이어 나오게 된 이번 책
은 2009년 이후에 발표한 글을 중심으로 엮었다. 유행하는 풍조나 이념을
좇기보다는 작품 자체에 대한 세심한 분석에 힘쓰는 것이 내 비평적 글
쓰기의 신조이다. 이는 내가 서구 철학이나 사상에 그리 밝지 못하기 때
문이기도 하겠으나 문학 작품은 그 철학과 사상이기 이전에 문학 자체로
존재해야 한다는 단순한 생각의 결과라 할 수도 있겠다.

　제1부 '낭만과 역설'은 일제강점기에 활약한 시인에 관한 논의를 중심
으로 하였고, 제2부 '성찰과 상상'은 동시대 현장에서 활약하고 있는 남
성 시인에 관한 논의를 중심으로 하였고, 제3부 '실존과 신생'은 역시 동
시대 현장에서 활약하고 있는 여성 시인에 관한 논의를 중심으로 하였으
며, 제4부 '유랑과 승화'는 방(房) 소재 시, 디카시, 근대소설, 연극 등에
관한 논의를 중심으로 하였다. 각 부의 제목은 그 부에 실린 글의 제목에
서 발췌해서 만들었는데, 엮고 보니 이번 평론집도 시와 시인에 관한 논
의를 위주로 하게 된 셈이다.

　이번 저서를 위해 글을 모으면서 시인의 삶과 운명에 관하여 다시금

생각해 보았다. 어떤 사람이 시인이 되는가. 훌륭한 시인은 어떤 시인을 뜻하는가. 시인은 시인이 아닌 사람들과 어떤 점에서 다른가. 시인이 된 사람은 그 길을 쉽게 버리지 못하면서 평생 시인으로 살아가는 이유는 또 무엇인가. 시인은 무엇을 위하여 시를 읽고 쓰는가. 이러저러한 질문들이 뇌리를 스쳐지나갈 때 불현듯 운명이라는 단어를 떠올렸다. 삶의 난관 같은 것에 봉착하여 마땅한 해답을 찾지 못할 때마다 나의 화두가 되는 단어가 이 운명이기도 하다. 운명이라는 단어만큼 무모한 동시에 황홀한 말이 있을까. 시인은 운명적으로 시를 만나고 운명적으로 시를 쓴다고 생각할 때 여러 가지 의문들이 어느 정도 풀리는 것 같기도 하다. 그래서도 이번 평론집의 제목을 '운명의 시학'이라 붙였다.

1998년에 등단한 이후 문단 생활을 하면서 훌륭한 시인들이 발표한 좋은 작품을 만나면서 행복한 시간을 보낼 수 있었다. 모호하면서도 아름다운 그들의 내면구조를 제대로 이해하고 그 상상력을 따라가고자 부단히 애를 쓰기도 하였으나 이런 노력이 가시적인 성과를 내지 못한 것 같기도 하다. 나의 해석은 언제나 명명백백한 오독이 아니었을까 걱정이 든다. 무모하기까지 했던 내 비평적 글쓰기가 이분들의 작품에 누가 되지 않았기를 바랄 따름이다. 역시 비평 작업은 어렵고 또 두렵다.

가장 고마운 분들은 이 책에 실린 시인이다. 이분들의 존함을 한 분씩 조용히 읊조려 본다. 때로는 내 마음을 황홀하게 사로잡기도 하였으며, 언제나 내 삶의 의미를 충만하게 만들어주었던 분들이시다. 너그러이 나의 오독을 받아들여 주신 분들이기도 하다. 여기에 실린 시인들 외에도 고마운 분들이 참 많은 것 같다. 그분들의 조언과 격려가 없었다면 아둔하고도 둔중한 이 발걸음을 어찌 예까지 끌고 올 수 있었을까. 그분들이 주신 크나큰 사랑과 은혜를 어찌 갚아야 할지 모르겠다. 끝으로, 부족한 책의 출간을 허락해주신 푸른사상사 한봉숙 사장님께도 감사의 마음을 전한다. 괴물 같은 자본의 힘이 이다지도 비대해진 타락의 시대에 정신의 고고함을 잃지 않고자 분투하는 가난한 시인들에게 삼가 이 책을 드리고 싶다.

2015년 입춘 무렵
김종태 씀

제1부

낭만과 역설

시혼의 정수를 타고난 낭만가객

— 김소월의 시세계

1. 우울과 동경을 육화한 서정의 향연

김소월은 평북 정주 출신으로 19세 때인 1920년 『창조』에 「낭인의 봄」 「야의 우적」 「오과의 읍」 「그리워」 「춘강」(총 5편)을 발표하면서 등단하였다. 그는 여성 화자를 중심으로 한 낭만적 어조를 통하여 수많은 독자들에게 깊은 서정적 공감대를 형성시켜 줌으로써 '국민시인'이라는 칭호까지 얻게 되었다. 이 용어의 의미망과 그 합당함에는 이견이 있겠으나 김소월만큼 우리 국민들에게 널리 알려져 있는 시인은 없다는 사실에는 반론이 없을 것이다. 김소월은 한국현대시의 역사 상 가장 많은 수의 작품이 교과서에 수록되어 있고 또한 가곡이나 가요로 불리고 있다. 쉽고 간결한 시어의 사용과 한(恨)이라는 보편적 정서의 표출 및 정다운 민요조 리듬의 원용은 일반 독자들을 쉽게 감동시키는 동인으로 작용하였다. 또한 그의 작품을 연구한 수많은 논문들이 현재까지 줄을 잇고 있으니 그는 독자와 학계를 이어주는 교량적 역할을 한 선구자적 시인이라고 칭할 만하다.

김소월은 생래적인 시인이다. 한용운 이상화 등 1920년대 여느 시인들에 비하여 그의 시심은 선천적인 경향이 강했다. 그는 시인이라는 운명을 타고난 셈이다. 생래적인 시심을 중심 기준으로 놓고 본다면 그는 우리나라 최초의 현대시인이라 할 수 있다. 그러나 그의 시에는 서구적인 성격이 미흡했다. 그래서 그의 시는 1930년에 활동했던 정지용이나 이상, 김기림 등의 작품에 비하면 감각적인 세련미가 약하다. 김소월은 시를 이론적으로 학습하지 않았고 정지용 이상 김기림은 서구 문예이론을 학문적으로 수용했기 때문이었다. 그러기에 정지용을 우리나라 최초의 직업적 전문적 현대시인이라고 부른다면 김소월은 우리나라 최초의 생래적 현대시인이라도 부를 수 있지 않을까! 이러한 김소월의 특징을 여실히 보여주는 작품들로는 「가는 길」 「왕십리」 「진달래꽃」 「산유화」 등을 꼽을 수 있겠다.

그립다
말을 할까
하니 그리워

그냥 갈까
그래도
다시 더 한 번……

저산에도 까마귀, 들에 까마귀,
서산에는 해진다고

지저귑니다.
앞 강물, 뒷 강물
흐르는 물은
어서 따라오라고 따라가자고
흘러도 연달아 흐릅디다려.

—「가는 길」 전문

이 시에서 가장 시적인 표현은 1연이다. 그립다는 말을 하기 전까지는 애매모호했던 화자의 감정이 그립다는 말을 내뱉는 동시에 구체화한다. 언어는 감정을 정리해 주고 정리된 감정은 다시 언어를 세련되게 만들어 준다. 언어를 통하여 모호한 감정은 분명해졌고 분명한 감정은 언어를 미화시킨다. 그립다는 말을 통해서 더욱 그리운 마음에 젖어든 화자는 떠나온 시공이 자꾸만 그리워져 또 다시 거기를 돌아보게 되는 것이다. 결국 화자는 제대로 된 이동을 하지 못하고 있다. 끊임없이 시간은 지연되고 그 지연된 시간의 크기만큼 감정은 강화한다. 강화한 감정은 까마귀와 강물의 이미지에 의탁하여 구체화한다. 서산에 해진다고 울어대는 까마귀는 시간의 흐름을 재촉하고 바다로 흘러가고 있는 강물은 공간의 이동을 부추긴다. 화자는 시간과 공간에서 공히 머뭇거린다. 그는 미래로 가기가 싫고 멀리로도 가기가 싫다. 다만 이곳의 이 순간에 더 머물면서 그리움의 시공에 하염없이 젖어들고 싶은 것이다. 그래서 '가는 길'은 그냥은 도저히 '갈 수 없는 길'이 되고 만다.

비가 온다
오누나

오는 비는
올지라도 한 닷새 왔으면 좋지.

여드레 스무날엔
온다고 하고
초하루 삭망(朔望)이면 간다고 했지.
가도 가도 왕십리 비가 오네.

웬걸, 저 새야
울려거든
왕십리 건너가서 울어나다고,
비 맞아 나른해서 벌새가 운다.

천안에 삼거리 실버들도
촉촉이 젖어서 늘어졌다네.
비가 와도 한 닷새 왔으면 좋지.
구름도 산마루에 걸려서 운다.

— 「왕십리」 전문

    다양한 해석의 여지를 남기고 있어 때로는 문학 논쟁의 대상이 되기도 했던 이 시 역시 우울과 고독을 지닌 동경의 상상력을 형상화하고 있다. 지금 비가 내리고 있는데 화자는 "한 닷새"만 내리기를 희구한다. 비는 님과의 해후를 지연시키는 동기를 제공하므로 비가 내리는 상황은 우울과 고독을 고조시킨다. "여드레 스무날"('스물 여드레'의 도치법)에 시작된 비는 "초하루 삭망"(음력 1일) 쯤에 그쳐야 하는데 비는 그칠 줄 모르고 계속 내린다. 비가 연이어 내리는 장마의 시간에 님은 돌아올 수가 없다.

화자는 님을 만날 수 없어 더욱 서러워진다. 계속적으로 비가 내려서 님과 영원히 만날 수 없는 상황이 바로 '왕십리'라는 딜레마이다. 그대 곁으로 가도 가도 십리가 남은 이 거리는 물리적 거리에 그치지 않는다. 오히려 이것은 심리적이고 시간적이고 운명적인 거리이다. 그래서 이 거리는 비극적이다. 비가 내리지 않아 하늘이 편안한 "천안(天安)"의 공간에 닿을 수 있는 것은 지상을 초월하는 새뿐이다. 화자가 벌새(들새의 다른 말)를 동경하고 있는 것은 이 때문이나 여기 벌새 역시 왕십리의 딜레마를 벗어나지 않은 채 화자와 더불어 울고 있다.

2. 서정에서 나아간 지사적 현실의식

김소월이 본격적으로 문학 활동을 했던 1920년대는 3·1 운동 직후 일제강점기가 고착화되어 가던 상실과 혼돈의 시대이다. 물론 우리나라 역사상 상실과 혼돈이 없었던 시대가 어디 있었겠는가마는 김소월의 시대의 비극성은 그 어느 시대의 절망적 상황에 뒤지지 않았다. 그래서 그의 시의식에 나타난 한(恨)의 정서를 사회적인 시각에서 보려는 연구 경향이 있었다. 김우창이 "소월(素月)의 허무주의의 밑바닥에 있는 것은 무엇인가? 시인의 개인적인 기질이나 자전적(自傳的)인 사실이 거기에 관여되었음을 생각할 수도 있다. 그러나 그 원인이 된 것은 무엇보다도, 한국인의 정신적 지평에 장기(瘴氣)처럼 서려 있어 그 모든 활동을 힘없고 병든 것이게 한 일제 점령의 중압감(重壓感)이었을 것이다."(김우창, 「한국시의 형이상」, 『궁핍한 시대의 시인』, 민음사, 1974, 43~44면.)라고 한 것에서 이런 경향의 연구를 확인할 수 있다. 이는 오세영이 "우리가 소월의 시에서 보편적으로 대하는 한의 감정이란 (중략) 상대방을 미워하면서도 사랑하고, 긍정하면서도 부정하고, 이별하면서도 그것을 만남의 예비라고 생각하는 감정, 즉 모순의 복합적인 감정이라 할 수 있다."(오세영, 『김소월, 그 삶과 문학』, 서울대출판부, 2000, 81~82면.)라고 한 것과는 시각차를 지닌다.

김소월 시가 지닌 한은 개인적인 성격, 시대적인 상황, 전통적인 맥락 등과 골고루 관련되어 있었다. 물론 그의 한에 대한 연구는 대체로 개인적이거나 전통적인 측면에서 이루어진 것이 사실이나 한의 정서가 지닌 시대적인 문제 또한 간과할 수 없음을 「바라건대는 우리에게 우리의 보습 대일 땅이 있었더면」 「물마름」 등의 작품에서 확인한다.

나는 꿈꾸었노라, 동무들과 내가 가지런히
벌 가의 하루 일을 다 마치고
석양에 마을로 돌아오는 꿈을,
즐거이, 꿈 가운데.

그러나 집 잃은 내 몸이여.
바라건대는 우리에게 우리의 보습 대일 땅이 있었더면!
이처럼 떠돌으랴, 아침에 저물손에
새라 새로운 탄식을 얻으면서.

동이랴, 남북이랴,
내 몸은 떠가나니, 볼지어다,
희망의 반짝임은, 별빛이 아득임은.

물결뿐 떠올라라, 가슴에 팔다리에.

그러나 어쩌면 황송한 이 심정을! 날로 나날이 내 앞에는
자칫 가느다란 길이 이어 가라. 나는 나아가리라
한 걸음, 또 한 걸음, 보이는 산비탈엔
온 새벽 동무들 저저 혼자……산경(山耕)을 김매는.

　　　— 「바라건대는 우리에게 우리의 보습 대일 땅이 있었더면」 전문

　이 시는 이상화의 「빼앗긴 들에도 봄은 오는가」를 연상시키는 작품이
다. 제목만 보아도 민중적이고 서민적인 정서를 쉽게 느끼게 된다. 화자
는 자신이 처한 상황에 관해 "집 잃은 내 몸이여"라고 탄식한다. 동무들과
함께 들녘을 누비며 하루 일을 마치고 집으로 즐겁게 돌아오는 것은 현실
적으로 불가능하다. 그것은 이룰 수 없는 꿈일 뿐이다. 그들에게는 보습
대일 땅이 없기 때문이다.

　땅과 집은 정주의 터전이다. 자신의 땅이 없는 농민은 남의 땅을 소작
하면서 방황해야 한다. 아침부터 저녁까지 이 땅 저 땅, 이 집 저 집을 헤
매면서 "새로운 탄식"에 젖어들어야 한다. 동서남북으로 떠돌아다니면서
"희망의 반짝임"과 "별빛의 아득임"에 목말라해야 한다. 그러나 시인은 3
연까지 이어지는 절망적 인식을 4연에서 적극적 의지로 바꾸어버린다. 가
슴 깊은 곳에서 솟구쳐 오르는 희망의 심정이 "황송한 이 심정" 아니겠는
가! 날로 나날이, 한 걸음, 또 한 걸음 보이는 산비탈을 걸어가려는 의지
적 자세를 통해서 시인은 식민지 시대에 터전을 잃은 민중들에게 희망의
메시지를 전하고 있다.

주린 새 무리는 마른 나무의
해지는 가지에서 재갈이던 때.
온종일 흐르던 물 그도 곤하여
놀 지는 골짜기에 목이 메던 때.

그 누가 알았으랴 한쪽 구름도
걸려서 허덕이는 외로운 영(嶺)을
숨차게 올라서는 여읜 길손이
달고 쓴 맛이라면 다 겪은 줄을.

그곳이 어디더냐 남이장군이
말 먹여 물 끼얹던 푸른 강물이
지금에 다시 흘러 둑을 넘치는
천백 리 두만강이 예서 백 십 리.

무산(茂山)의 큰 고개가 예가 아니냐
누구나 예로부터 의를 위하여
싸우다 못 이기면 몸을 숨겨서
한때의 못난이가 되는 법이라.

— 「물마름」 부분

　　윤주은이 "1920년대 농촌 실정과 19세기초의 농촌 실정을 비교하는 역
사의식을 엿볼 수 있었으며, 평화로운 시위가 한계가 왔음을 제시하면서
홍경래난에서 보여 준 농민봉기를 그 한 방법으로 제시하는 의지를 보여
김소월의 시 세계에서 다른 면모를 보여주고 있다."(윤주은, 『소월의 이름
을 부르노라』, 태성출판사, 1994, 225~226면.)고 한 것에서도 알 수 있듯

이 시에는 역사주의적 시각이 도드라져 나타난다. 배고픈 새들이 해질 무렵 마른 나뭇가지에서 울고 있는 상황, 피곤하게 흐르던 물이 저녁놀 지는 황혼의 골짜기에서 울고 있는 상황은 일제강점기 우리 민족이 처한 역사적이고 시대적인 환경을 떠올리게 한다. 그렇다면 "외로운 영(嶺)을 숨차게 올라서는 여읜 길손"의 모습은 고달픈 삶을 살아야 했던 우리 민족의 삶을 대변한다고 볼 수 있다. 그러면서도 시인은 의지적이고 지사적인 진술까지 보여주는데 그것은 3, 4연의 남이 장군과 홍경래의 난에 관한 진술들에서 구체적으로 나타난다. 시인은 젊은 패기와 열정으로 살았던 남이와 홍경래에 대한 긍정적인 인식을 통해서 우리 민족이 나아갈 방향을 제시하고 있다. 이러한 경향의 작품은 소월 시의 간과할 수 있는 특별한 국면이 될 것이다.

3. 생사 초월의 낭만적 지평을 향하여

김소월은 근본적으로 낭만적 시인이다. 그는 개인적 정한(情恨)과 민족적 비극(悲劇)을 아우르는 상상력을 지향하면서도 그 정한과 비극을 극복하는 방법으로 지극히 개인적인 통로를 주로 사용하였다. 그는 특히 민간신앙이라고 할 수 있는 샤머니즘적 세계관을 시에 도입하여 인생과 자연과 우주의 비극성을 무화하고자 하였다. 그의 시가 지닌 초월성, 그의 삶이 지닌 낭만성은 1925년 5월 『개벽』 59호에 발표한 「시론」이라는 산문에 고스란히 나타나 있다. 쉽게 접할 수 없는 이 글의 1부 전체를 인용해 보면 다음과 같다.

적어도 평범한 가운데서는 물(物)의 정체를 보지 못하며, 습관적 행위에서는 진리를 보다 더 발견할 수 없는 것이 가장 어질다고 하는 우리 사람의 일입니다.

그러나 여보십시오. 무엇보다도 밤에 깨어서 하늘을 우러러 보십시오. 우리는 낮에 보지 못하던 아름다움을, 그 곳에서 볼 수도 있고 느낄 수도 있습니다. 파릇한 별들은 오히려 깨어 있어서 애처롭게도 기운 있게도 몸을 떨며 영원을 속삭입니다. 어떤 때는, 새벽에 져 가는 요요한 달빛이, 애틋한 한 조각, 숭엄한 채운(彩雲)의 다정한 치맛귀를 빌어, 그의 가련한 한두 줄기 눈물을 문지르기도 합니다. 여보십시오, 여러분. 이런 것들은 적은 일이나마, 우리가 대낮에는 보지도 못하고 느끼지도 못하던 것들입니다.

다시 한 번, 도회의 밝음과 지껄임이 그의 문명으로써 광휘(光輝)와 세력을 다투며 자랑할 때에도, 저, 깊고 어두운 산과 숲의 그늘진 곳에서는 외로운 버러지 한 마리가, 그 무슨 설움에 겨웠는지, 쉼 없이 울고 있습니다, 여러분. 그 버러지 한 마리가 오히려 더 많이 우리 사람의 정조답지 않으며 난들에 말라 벌바람에 여위는 갈대 하나가 오히려 아직도 더 가까운, 우리 사람의 무상(無常)과 변전(變轉)을 서러워하여 주는 살뜰한 노래의 동무가 아니며, 저 넓고 아득한 난바다의 뛰노는 물결들이 오히려 더 좋은, 우리 사람의 자유를 사랑한다는 계시가 아닙니까. 그렇습니다. 잃어버린 고인(故人)은 꿈에서 만나고, 높고 맑은 행적의 거룩한 첫 한 방울의 기도(企圖)의 이슬도 이른 아침 잠자리 위에서 듣습니다.

우리는 적막한 가운데서 더욱 사무쳐오는 환희를 경험하는 것이며, 고독의 안에서 더욱 보드라운 동정(同情)을 알 수 있는 것이며, 다시 한 번, 슬픔 가운데서야 보다 더 거룩한 선행(善行)을 느낄 수도 있는 것이며, 어두움의 거울에 비추어 와서야 비로소 우리에게 보이며, 살음을 좀 더 멀리 한, 죽음에 가까운 산마루에 서서야 비로소 살음의 아름다운 빨래한 옷이 생명의 봄 두덩에 나부끼는 것을 볼 수도 있습니다. 그렇습니다. 곧 이것입니다. 우리는 우리의 몸이나 맘으로는 일상에 보지도 못하며 느끼지도 못하던 것을, 또는 그들로는 볼 수도 없으며 느낄 수도 없는 밝음을 지워버린 어두움의 골방에서며, 살음에서는 좀 더 돌아앉은 죽음의 새벽빛을 받는 바라지 위에서야, 비로소 보기도 하며 느끼기도 한다는 말입니다. 그렇습니다. 분명합니다. 우리에게는 우리의 몸보다도 맘보다도 더욱 우리에게 각자의 그림자 같이 가깝고 각자에게 있는 그림자 같이 반듯한 각자의 영혼이 있습니다. 가장 높이 느낄 수도 있고 가장 높이 깨달을 수도 있는 힘, 또는 가장 강하게 진동이 맑지게 울리어오는, 반향(反響)과 공명(共鳴)을 항상 잊어버리지 않는 악기, 이는 곧, 모든 물건이 가장 가까이 비치어 들어옴을 받는 거울, 그것들이 모두 다 우리 각자의 영혼의 표상(標像)이라면 표상일 것입니다.

— 김소월 시론 「시혼(詩魂)」 1 전문

직관과 사색을 통해서 쓴 이 글은 김소월 시정신의 핵심을 잘 보여준다. 후반부(인용되지 않은 부분)에 가서 몇몇 작품을 논의하여 평가하고 있으나 이 글은 근본적으로 낭만적이고 주관적이다. 김소월은 도회보다는 시골을, 인공보다는 자연을, 기쁨보다는 슬픔을, 밝음보다는 어둠을, 큰 것보다는 작은 것을, 순간보다는 영원을, 육체보다는 영혼을 사랑한 시인이라는 점을 구절구절에서 확인할 수 있게 된다. 김소월의 「시론」은 생래적인 시심을 지닌 천생시인이 자기 나름대로 시라는 예술 장르에 대해 고민을 한 흔적을 역력히 보여준다. 물론 이 글의 근대적 성격은 당연히 정지용이나 김기림의 시론에 미치지 못하겠으나 이 글이 지닌 개인 시론으로서의 선구자적 의미는 퇴색되지 않을 것이다.

함께하려 하노라, 오오 비난수하는 나의 맘이여,
있다가 없어지는 세상에는
오직 날과 날이 닭소리와 함께 달아나 버리며,
가까운, 오오 가까운 그대뿐이 내게 있어라.

— 「비난수하는 맘」 부분

    평북 방언인 "비난수"는 무당이 귀신에게 빌 때 쓰는 말이다. 화자는 생사와 시공을 초월하여 님을 만나고자 한다. 님이 간 하늘은 죽음의 공간이다. 죽음을 두려워하지 않는 화자는 비난수하는 자신의 마음이 연기가되어 하늘로 날아가기를 바란다. 화자는 "있다가 없어지는" 이 무상(無常)한 세월 속에서 오직 중요한 것은 님뿐이라며 "그대뿐이 내게 있거라"고 간절히 되뇌지만 님 역시 무상하기는 마찬가지다. 이 시에 나타난 초월적 상상력은 다음 시에서 바다의 이미지를 중심으로 구체화한다.(「비난수하는 맘」에 대한 논의는 '김종태, 「김소월 시에 나타난 한의 맥락과 극복 방법」, 『한국문예비평연구』 18집, 한국현대문예비평학회, 2005, 51~51면'을 인용하고 참조하였다.)

뛰노는 흰 물결이 일고 또 잦는
붉은 풀이 자라는 바다는 어디

고기잡이꾼들이 배위에 앉아
사랑노래 부르는 바다는 어디

파랗게 좋이 물든 남빛하늘에
저녁놀 스러지는 바다는 어디

곳없이 떠다니는 늙은 물새가
떼를 지어 좇니는 바다는 어디

건너서서 저편은 딴 나라이라
가고 싶은 그리운 바다는 어디

— 「바다」 전문

이 시에 나타난 '바다'는 근대적인 상징성을 지닌 공간도 아니며 구체
적인 지리의 의미를 지닌 공간도 아니다. 이곳은 초월적이고 낭만적인 상
상력으로 충만한 상상의 공간이다. "흰 물결", "붉은 풀", "사랑노래", "남
빛하늘", "저녁놀", "늙은 물새" 등의 이미지로 이어지는 바다는 한 마디
로 이 세상과는 차별되는 "딴 나라"이다. "딴 나라"를 그리워하는 것은 세
상살이의 고달픔 때문이다. 새롭고 낯선 세계를 향한 동경 속에서 시인은
현실 생활의 고통과 고독을 잠시나마 달랠 수 있었다. 이 아름다운 노래
가 서럽고도 애달프게 다가오는 것은 그 이면에 시인의 서러움과 고달픔
이 배어 있기 때문이다.

김소월은 만32세에 막걸리에 아편을 타서 먹는 방법으로 자살하였다.
시인의 숙모 계희영은 "남산리 조상님들의 무덤을 찾아서 일일이 돌볼 때
누구 한 사람 소월의 성묘함을 보고 이상하게 느끼고 생각했던 사람이 없
었던 것처럼 소월이 난데없이 장에 가서 아편을 구해 가지고 돌아온 것
을 보면서도 가족들 중에 누구 하나 이상하게 본 사람이 없었다. 아마 소
월이가 그 약을 먹고 세상을 하직하리라고 믿었던 사람이 없었던 까닭이
다."(계희영, 『약산 진달래는 우련 붉어라』, 문학세계사, 1982, 272면.)라
며 그날의 안타까운 장면을 회고하였다. 시인은 너무나 이른 나이에 이렇

게 허무하게 그가 희구했던 초월의 지평으로 스스로를 내던졌다. 시인의 죽음 역시 그의 작품을 오롯이 닮아 철저히 낭만적이었으며 온전히 비극적이었던 셈이다.

넋을 깨우는 애틋한 샤머니즘

— 김소월의 시세계

한국현대시의 태동 시점에 대해서는 다양한 시각이 있다. 그것을 사설시조나 개화가사 등으로 보아야 한다는 관점도 있고, 시기적으로 좀 더 내려와서 최남선의 신체시나 주요한의 자유시로 보아야 한다는 견해도 있다. 그러나 이들 작품이 지닌 완성도를 놓고 보면 이들을 한국시의 기점으로 보기에는 미흡한 점이 많을 것이다. 최남선이나 주요한의 시가 지닌 근대성 역시 김소월이 지닌 근대성에 견주어 보면 힘없는 것이 되고 마는 것 같다. 김소월이야말로 한국현대시의 본격적인 시작을 알리는 선구자이며 한국현대시의 주류였던 전통서정시의 근원이라고 말할 수 있다.

우리 시의 흐름은 대개 전통서정시, 모더니즘 시, 리얼리즘 시 등으로 나누어져 왔으나 사실상 모더니즘 시나 리얼리즘 시의 양적 규모는 전통서정시의 그것에 비하면 작은 편이다. 그래서인지 모더니즘 시이든 리얼리즘 시이든 간에 서정시적인 특성을 어느 정도 수용할 수밖에 없었다. 전통적인 서정시인으로 평가받고 있는 수많은 시인들 중에서 김소월은 시기적으로 보아도 그 최초이며 작품 완성도로 보아도 최고로 꼽을 만하여 우리는 그에게 '국민시인'이라는 높은 칭호를 주는 데에 이견이 없었다. 그의 시는 자연친화적 세계관, 여성적인 어조, 한의 정서 등을 통하여 전통적 성격을 지녔다는 평가를 받았고 나아가 한국적인 종교의식을 내면화함으로써 민족의 맥박과 호흡을 이어나갔다. 그가 지닌 전통적 사상과 종교의 맥락 속에서 가장 눈여겨 볼 것은 샤머니즘이다.

산산이 부서진 이름이여!
허공중에 헤어진 이름이여!
불러도 주인 없는 이름이여!
부르다가 내가 죽을 이름이여!

심중에 남아 있는 말 한 마디는
끝끝내 마저 하지 못하였구나.
사랑하던 그 사람이여!
사랑하던 그 사람이여!

붉은 해는 서산마루에 걸리었다.
사슴이의 무리도 슬피 운다.
떨어져나가 앉은 산위에서
나는 그대의 이름을 부르노라.

설움에 겹도록 부르노라.
설움에 겹도록 부르노라.
부르는 소리는 비껴가지만
하늘과 땅 사이가 너무 넓구나.

선 채로 이 자리에 돌이 되어도

부르다가 내가 죽을 이름이여!
사랑하던 그 사람이여!
사랑하던 그 사람이여!

—「초혼」전문

  '초혼'은 살아있는 사람들이 죽은 사람의 영혼을 위로하기 위해서 그 이름을 불러주는 행위이다. 죽은 사람이 초혼의 호명(呼名)을 들을 수 있다면 '그래 이승에 남은 사람들이 나를 이렇게 그리워하는구나.'라고 생각하며 이승을 떠나는 길에서 조금은 위로받을 수 있을 것이다. 화자는 너무도 이름을 애타게 불렀기에 이 이름은 산산이 부러져 버렸고 다 헤어져 버렸다. 이름의 주인은 이미 이승을 떠나 버렸기에 그것은 주인 없는 이름이 되고 말았다. 화자는 죽음을 무릅쓰고서라도 그의 대답을 듣고자 했는데 이러한 화자의 행위는 샤먼의 모습을 닮았다. 화자는 지금 황혼의 산위에 있다. 황혼은 낮과 밤의 경계이며 산은 땅과 하늘의 경계이다.
  샤먼은 신의 목소리를 이승 사람들에게 전달하는 종교인이다. 그러기에 그는 신과 인간, 죽음과 삶 사이에 있다. 그러나 그는 신만큼 초월의 세계에 가까이 다가설 수 없고 인간만큼 삶의 세계에 가까이 다가설 수 없다. 이런 점에서 샤먼은 그 중간적 위치 때문에 항상 괴롭고 갈등할 수밖에 없는 존재이다. 이 시의 화자가 끝없이 슬퍼하고 괴로워하는 이유도 이런 데 있을 것이다. 그러기에 그는 삶 쪽으로 완전히 갈 수도 없고 죽음 쪽으로 완전히 갈 수도 없다. 언제나 그 사이에서 방황한다. 「초혼」은 김소월 시 중에서도 높은 완성도를 보여주는 작품으로 인구에 널리 회자되고 있다. 이별 때문에 마음의 상처를 받은 사람들에게 이 시는 공감대를 형성시키는 데 성공하였다.

그 누가 나를 헤내는 부르는 소리
불그스름한 언덕, 여기저기
돌무더기도 움직이며, 달빛에,
소리만 남은 노래 서리어 엉겨라,
옛 조상(祖上)들의 기록(記錄)을 묻어둔 그 곳!
나는 두루 찾노라, 그곳에서,
형적 없는 노래, 흘러 퍼져,
그림자 가득한 언덕으로 여기저기,
그 누가 나를 헤내는 부르는 소리
부르는 소리, 부르는 소리,
내 넋을 잡아끌어 헤내는 부르는 소리.

—「무덤」 전문

　화자는 지금 무덤 주위에서 방황하고 있다. 무덤의 주인은 누구인지 구체적으로 나타나 있지 않다. 화자는 무덤 속에서 들려오는, 자신을 부르는 소리를 듣고 있다. 즉 죽은 자의 목소리를 듣는 것이다. 이 점에서 「무덤」은 「초혼」과 대조를 이룬다. 「초혼」의 화자가 죽은 자를 불렀다면 「무덤」의 화자는 죽은 자의 부름을 듣고 있는 것이다. 두 모습 모두 샤먼의 삶을 연상시키는 것은 마찬가지이다. 돌무더기도 움직이게 하는 소리는 강한 파장을 지닌 채 화자의 뇌리 속을 파고든다. 정체 모르는 소리에 화자는 괴롭기도 하였지만 그 소리에 대한 호기심을 떨쳐 버리지 못한다. 그가 더욱 무덤 가까이 가보는 이유가 여기에 있을 것이다.

　무덤 근처를 떠나지 못하는 화자의 행위는 죽음에 대한 욕망 즉 타나토스(thanatos)와 이어진다. 에로스(eros)와 타나토스가 둘이 아니라는 절대 진리를 생각할 때 김소월 시에 나타난 에로스와 타나토스의 관계성을 쉽게 이해할 수 있을 것이다. "부르는 소리"에 대한 연이은 반복적 표현에는 화자의 강박증적인 반응이 나타난다. 요컨대 이 시에는 사랑의 고통이 무화된 죽음의 세계 즉 피안의 세계로 가고자 하는 욕망이 숨어 있다.

> 함께하려노라, 비난수하는 나의 맘,
> 모든 것을 한 짐에 묶어 가지고 가기까지,
> 아침이면 이슬 맞은 바위의 붉은 줄로,
> 기어오르는 해를 바라다보며, 입을 버리고.
>
> 따돌아라, 비난수하는 맘이여, 갈매기같이,
> 다만 무덤뿐이 그늘을 어른이는 하늘 위를,
> 바닷가의 잃어버린 세상의 있던 모든 것들은
> 차라리 내 몸이 죽어가서 없어진 것만도 못하건만.
>
> 또는 비난수하는 나의 맘, 헐벗은 산(山) 위에서,
> 떨어진 잎 타서 오르는, 냇내의 한줄기로,
> 바람에 나부껴라 저녁은, 흩어진 거미줄의
> 밤에 맺었던 이슬은 곧 다시 떨어진다고 할지라도.
>
> 함께하려 하노라, 오오 비난수하는 나의 맘이여,
> 있다가 없어지는 세상에는
> 오직 날과 날이 닭소리와 함께 달아나 바리며,
> 가까운, 오오 가까운 그대뿐이 내게 있어라!
>
> —「비난수하는 맘」 전문

이 시의 제목은 그 자체로 샤머니즘적이다. 이 시는 김소월이 지닌 샤머

니즘을 더욱 구체적으로 형상화하여 보여준다. 김소월의 고향인 평북 정주 사투리인 "비난수"는 무당이 자신의 신에게 비는 행위이다. 화자는 비난수라는 기도 행위를 통하여 이승이 아닌 저승에 있는 님에게 자신의 마음을 전하고 싶어한다. 연기(낸내)의 한 줄기가 되어서 훌훌 하늘로 날아가서 님의 마음에 닿고자 한다. 그 연기는 떨어진 잎에서 생겨난다. 낙엽이 타서 만드는 연기는 죽음을 통해서라도 님에게 가고 싶은 마음을 담는다. 무상한 세월 속에서 오직 중요한 것은 님뿐이라며 그대만이 내게 있어라고 소리치지만 죽은 님은 다시 살아나지 않았다.

　김소월 시에 나타난 샤머니즘은 전통적 서정성을 제고시켜서 그의 시가 대중들에게 더욱 친근하게 다가서게 되는 동인으로 작용하였다. 김소월 시의 샤머니즘은 미묘한 문맥 속에 존재하여 그의 시를 다소 애매하게 만드는 역할까지 담당하였다. 그러나 그의 시는 대체로 누구나 쉽게 공감할 수 있는 쉬운 언어로 그리움의 정서를 형성화하였다. 그의 그리움은 홈식크니스(homesickness)가 아니라 노스텔지어(nostalgia)이다. 그는 영원히 달랠 수 없는 자신의 향수와 고독을 가슴 깊이 파묻어 놓은 채 서른 세 살의 일기로 이승을 하직하였다. 자살이었다. 그는 자신의 집에서 치사량의 아편을 술에 타서 먹었다. 그 생애는 짧고도 비극적이었으나 그의 시는 길고도 높게 우리들 가슴 속에 살아남아 오래도록 애틋하게 숨 쉬고 있다.

색즉시공과 자타불이를 지향한 역설의 시

1920년대의 한국현대시를 논할 때 결코 빼놓을 수 없는 두 사람은 김소월과 한용운이다. 이들은 여러 가지로 닮은 점을 지니고 있다. 이들은 둘 다 문학을 학문적으로 혹은 예술적으로 학습하지 않았다. 그들은 고등교육기관에서 공부한 경험이 없었고 그 지향하는 시의식 역시 모던한 실험주의보다는 서정적 전통주의에 닿아 있었다. 그들은 시를 예술로 자각했다기보다는 시를 생래적으로 깨우쳤다고 할 수 있다. 그러다보니 그들의 작품들은 서구적인 세계보다는 동양적인 세계에 닿아 있을 수밖에 없었다.

한용운은 특히 불교적인 사유를 통하여 전통의 맥을 이어나갔던 시인이다. 그에게 불교는 삶과 수행의 원리인 동시에 모순으로 가득 찬 현실세계를 바라보는 세계관이었다. 그는 불교적 진리를 사상과 의식의 밑바탕에 두고 시를 썼고 독립운동을 하였다. 그래서 오래 전 조지훈 시인이 지적했듯이 그의 삶은 승려, 시인, 지사가 삶이라는 삼각형의 서로 다른 밑변을 구성하고 있었다고 할 수 있다. 한용운 시를 논할 때 수많은 평자들은 역설과 반어를 이야기한다. 그의 작품에 나타난 역설과 반어 역시 불교적 세계관을 바탕으로 삼고 있었다. 색즉시공 공즉시색의 진리야말로 그 자체로 역설이 아니겠는가!

　　당신의 소리는 침묵(沈默)인가요.
　　당신이 노래를 부르지 아니하는 때에, 당신의 노랫가락은 역력히 들
립니다그려.
　　당신의 소리는 침묵(沈默)이어요.

　　당신의 얼굴은 흑암(黑闇)인가요.
　　내가 눈을 감은 때에, 당신의 얼굴은 분명히 보입니다그려.
　　당신의 얼굴은 흑암(黑闇)이어요.

　　당신의 그림자는 광명(光明)인가요.
　　당신의 그림자는 달이 넘어간 뒤에, 어두운 창에 비칩니다그려.
　　당신의 그림자는 광명(光明)이어요.

—「반비례」전문

　이 작품의 모든 행과 연은 역설과 반어로 구성되어 있다. 소리가 침묵
이 되며 침묵이 소리가 되며, 얼굴이 흑암이 되며 흑암이 얼굴이 되고, 그
림자가 광명이 되며 광명이 그림자가 된다는 시의 진술은 「반야심경」의
핵심 사상을 그대로 닮아 있다. 시인이 역설과 반어로써 이 세계를 인식
하고자 했던 것은 이 세계의 비극적인 침묵과 흑암과 그림자 속에서도 그
이면에 숨어 있는 가능성의 세계를 시적으로 들여다보기 위해서였다.
　시인은 세상이 돌고 돈다는 순환론적 세계관을 신봉하였다. 처음이 끝
이 되고 다시 그 끝이 처음이 된다는 역설적 진리는 고통의 시대를 살아
가야 했던 시인에게 큰 위안이 되었을 것이다. 그는 진리의 위안을 작품
으로 형상화하는 데 주저하지 않았다. 시집 『님의 침묵』은 고통의 현실이

사라지는 언젠가에 반드시 새로운 광명시대가 도래하고야 말 것이라는 굳은 믿음을 형상화하는 데 성공하였다. 그리하여 이 시집은 가난과 억압 속에서 고통 받았던 당대의 민초들에게 큰 위안을 안겨주었다.

> 바람도 없는 공중에 수직(垂直)의 파문(波紋)을 내이며, 고요히 떨어지는 오동잎은 누구의 발자취입니까.
> 지루한 장마 끝에 서풍에 몰려가는 무서운 검은 구름의 터진 틈으로, 언뜻언뜻 보이는 푸른 하늘은 누구의 얼굴입니까.
> 꽃도 없는 깊은 나무에 푸른 이끼를 거쳐서, 옛 탑(塔) 위의 고요한 하늘을 스치는 알 수 없는 향기는 누구의 입김입니까.
> 근원을 알지도 못할 곳에서 나서, 돌부리를 울리고 가늘게 흐르는 적은 시내는 굽이굽이 누구의 노래입니까.
> 연꽃 같은 발꿈치로 갓이 없는 바다를 밟고, 옥 같은 손으로 끝없는 하늘을 만지면서, 떨어지는 날을 곱게 단장하는 저녁놀은 누구의 시(詩)입니까.
> 타고 남은 재가 다시 기름이 됩니다. 그칠 줄을 모르고 타는 나의 가슴은 누구의 밤을 지키는 약한 등불입니까.
>
> ― 「알 수 없어요」 전문

이 작품은 한용운 시인이 쓴 여러 작품들 중에서 가장 완성도 높은 작품으로 손꼽히고 있다. 역설과 반어의 미학 속에서 오묘한 진리를 응축시키면서 독자들을 상상의 세계로 끌어들인다. 총 6행으로 구성되어 있는 이 작품은 모든 행마다 의문형 종결어미를 사용하면서 깊은 여운을 주고 있다. 시인은 그 대답을 몰라서 의문형 문장을 사용한 것이 아니라 오히려 그 대답을 명명백백하게 잘 알고 있었기 때문에 의문형 문장을 사용한 것이었다. 시인이 간절하게 궁구하고 있는 '누구'는 다름 아닌 '님'이다. 시인은 '님'이라는 실체를 누구보다 잘 알고 있었기 때문에 그 '님'을 그윽한 문맥 속에 숨기고 싶었다. '님'을 숨겨야 독자들의 마음속에 '님'이 더욱 뚜렷하게 나타나서 각인될 수 있음을 잘 알고 있었기 때문이다. 시인은 "발자취 → 얼굴 → 입김 → 노래 → 시"로 이어지는 점층적 구조를 통하여 서서히 님의 본질을 독자에게 보여준다. 결국 님이 만든 "시"야말로 님이 지닌 정신의 결정체였던 셈이다.

님이 무엇인지, 님이 누구인지, 그 정체를 잘 알게 될 때 우리들은 님과의 일체화를 이루어낼 수 있다. 6행은 나와 너, 삶과 죽음, 밝음과 어둠, 고통과 열락을 초월한 우주적인 합일의 세계를 형성화하고 있는 결론적인 시행이다. "나"의 가슴을 영원히 태워 "님"의 밤을 환하게 밝혀줌으로써 결국 '나'는 내 스스로 "님"이라는 절대자의 반열에 올라가는 것이다. 얼마나 아름다운 합일의 시정신인가! 얼마나 감동적인 신념의 결론인가!

한용운은 1933년부터 1944년까지 성북동 심우장에 거처하면서 여생을 보냈다. 3·1 운동까지 그토록 활발하게 사회 활동을 하던 그는 3·1 운동 이후 3년간의 옥고를 치룬 후에도 신간회, 조선불교청년동맹 등에서 부단히 활약하였다. 그는 탈속과 세속의 구분을 떠나서 불교의 현실참여와 생활화, 대중화를 주장하였다. 그의 불교 개혁 사상에는 대승불교의 반야 사상이 밑바탕에 있었다. 그가 「조선불교의 진로」에서 "불교가 출세간(出世間)의 도가 아닌 것은 아니나, 세간(世間)을 버리고 세간에 나는 것이 아니라 세간에 들어서 세간에 나는 것이니, 비유컨대 연(蓮)이 비습오니(卑濕汚泥)에 나되 비습오니에 물들지 아니하는 것과 같은 것이다."라고 한 적이 있는데 이는 그의 합리적이고 실천적인 사상을 함축적으로 보여주고 있는 구절이다.

죽음 앞에서 넥타이를 바로잡은 시인

— 정지용의 시세계

올해(2006)는 『청록집』(1946년 6월 6일 을유문화사 간)이 간행된 지 60주년이 되는 해이다. 조지훈, 박목월, 박두진을 일컫는 '청록파'라는 명칭은 이들 삼인의 공동 시집인 『청록집』에서 연유한다. 이들이 이 시집에 '청록집'이라는 제목을 붙이게 된 이유에 관해서는 이견이 분분하다. 박목월의 시 「청노루」에서 비롯되었다는 설이 일반적이지만, 아마도 『문장』지 추천을 통하여 자신들을 문단에 내보낸 정지용의 두 번째 시집 『백록담』과도 연관이 있는 것 같다. '청록'이 푸른 사슴을 뜻한다면 '백록'은 흰 사슴을 뜻한다. 그런데 이 세상에는 푸른 사슴은 없고, 흰 사슴은 드물다. 그 제목 속에는 자연 만물과 조응하는 강한 상징성이 내포되어 있다.

청록파의 『청록집』은 정지용의 『백록담』을 계승하고 나아가 그것을 뛰어넘고자 한 패기 어린 젊은 시인들의 성과물이었다. 그런데 『청록집』이 간행될 무렵 청록파의 아버지 정지용은 이미 시인으로서의 생애를 정리하고 있었다. 정지용은 『백록담』 이후 제대로 된 작품을 거의 쓰지 못하다가, 한국 전쟁의 소용돌이 속에서 역사의 저편으로 사라져 갔다. 그는 월

북하지 않았다. 다만 남과 북 사이에서 방황하던 과정에서 미군의 폭격을 맞고 사망했다. 정지용 등 일제 강점기에 활약한 훌륭한 여러 시인들이 죽거나 월북한 해방기와 전후기의 시단을 끌고 가야한다는 책임감은 청록파 시인이 떠안은 과중한 멍에인 동시에 영광 어린 혜택이었다. 전후 한국시단에서 중책을 맡았던 이들 세 시인은 항상 정지용이라는 영욕 속에 사라진 큰 산을 생각해야 했다.

　조지훈, 박목월, 박두진을 등단시킨 정지용은 감정에 충실했던 종래의 서정 시인이기를 거부한 한국 최초의 전문적이고 직업적인 시인이었다. 그는 1920년대 활동했던 생래적인 시인들과는 달랐다. 그는 시가 언어예술이라는 점을 자각했다. 그는 감정만으로 시가 되지는 않는다는 점을 잘 알았다. 그는 "시인이란 언어를 어원학자처럼 많이 취급하는 사람이라든지 달변가처럼 잘하는 사람이 아니라 언어 개개의 세포적 기능을 추구하는 자는 다시 언어미술의 구성조직에 생리적 Lift-giver가 될지언정 언어 사체(死體)의 해부집도자인 문법가로 그치는 것도 아닌 것이다. 그러므로 언어는 시인을 만나서 비로소 혈행(血行)과 호흡과 체온을 얻어서 생활한다."(정지용, 「시와 언어」, 『정지용 전집 2』산문, 민음사, 1988, 253면.)고 하였다. 그가 '언어예술'이라는 말 대신에 '언어미술'이라고 한 것은 시가 지닌 이미지의 중요성을 강조하기 위해서였다. 정지용은 다양한 수사로써 훌륭한 이미지를 구현해 보여주었다. 그는 두 권의 시집을 통해서 고향과 도시와 자연으로 이어져 있는 찬란한 시적 구조를 완벽하게 보여주었다. 『백록담』이후 그는 더 이상의 시를 쓸 필요를 느끼지 않았을지도 모른다. 정지용의 불행한 죽음이 안타깝게만 느껴지지 않는 이유가 여기에 있다. 그는 다음에 인용된 「예장」의 주인공처럼 불행을 뛰어넘는 시적인 모습으로 우리 곁을 떠났다.

모오닝코오트에 예장(禮裝)을 갖추고 대만물상(大萬物相)에 들어간
한 장년신사(壯年紳士)가 있었다 구만물(舊萬物) 위에서 알로 내려뛰
었다 윗저고리는 나려 중간 솔가지에 걸리어 벗겨진 채 와이셔츠 바람
에 넥타이가 다칠세라 납죽이 엎드렸다 한겨울 내- 흰 손바닥 같은 눈
이 나려와 덮어 주곤 주곤 하였다 장년(壯年)이 생각하기를 「숨도 아이
에 쉬지 않아야 춥지 않으리라」고 죽음다운 의식(儀式)을 갖추어 삼동
(三冬)내- 부복(俯伏)하였다 눈도 희기가 겹겹이 예장(禮裝)같이 봄이
짙어서 사라지다.

—「예장(禮裝)」 전문

신사의 행동을 통하여 정지용의 세계관을 추측할 수 있다. 신사의 죽음
의식(儀式)은 산을 배경으로 한다. 바슐라르 식으로 말하면, 신사가 "구만
물(舊萬物) 우에서" 뛰어내리는 행위는 이 산 저 산을 자유롭게 이동하는
공기처럼 살고 싶은 '공기적 상상력'과 통한다. 그래서 신사의 자살은 행
복하고 평온하다. 신사는 죽음 의식을 치루고 있는 과정에서 넥타이의 손
상을 걱정한다. 그는 잘 차려입은 옷을 망가뜨리지 않으려고 노력한다.
그는 정말 죽은 것일까, 아니면 죽은 척 한 것일까? 정지용이 이러한 상상
력을 발휘할 수 있었던 것은 죽음의 원리를 축제의 원리로 수용했기 때문
이다. 죽음이 축제라고 생각한 시인은 그 죽음을 즐길 수 있는 서사와 이
미지를 구현한다.

신사는 '흰 손바닥 같은 눈' 속에 잠겨서 세속에서 얻지 못했던 존재의
안식을 되찾는다. 신사의 온몸을 가려주면서 봄이 와도 녹지 않을 것 같

은 흰 눈의 모습은 장엄하고 숭고하다. 과학적으로 보면 인간은 죽는 순간, 모든 생리적 정신적 활동을 멈추게 된다. 그런데도 이 시의 주인공인 장년 신사는 죽은 후에도 생각을 계속한다. 산 아래의 삶 속에서 온갖 고초를 겪었을 것 같은 신사는 죽음을 통하여 다시 살게 되었다. 지난 삶은 죽음이었으며, 지금의 죽음은 삶이 되었다. 그는 죽음을 초월한 정신의 동력을 통하여 자연과 합일한다. 신사의 옷은 죽음의 축제에 입고 나간 시인의 예복이다. 겨울과 봄에 걸친 시간의 비약을 통하여 삶과 죽음은 어느덧 한 몸이 된 듯하다.

정지용은 마흔이 되던 1941년 1월, 이 작품을 「조찬」 「호랑나비」 등 9편과 함께 『문장』 22호에 수록한 후 더 이상의 제대로 된 시를 발표하지 못했다. 죽음의 축제를 노래한 이 시가 정지용의 최후를 장식했다. 그리고 9년 후인 1950년 정지용은 미지의 장소에서 불운하게 사망하여, 「예장」의 주인공처럼 기념할 무덤조차 가지지 못한 시인이 되었다.

많은 이들이 정지용을 '모더니스트'라고 지칭하고 있으며 중고등학교 교과서에서도 정지용을 '1930년대 대표적인 모더니즘 시인'이라고 설명하고 있다. 그런데 정지용은 당대에 함께 활동했던 김기림, 이상 등의 모더니스트들과는 다른 일면을 가지고 있었는데 그것은 그가 동양 고전에 대한 해박한 지식을 지니고 있었다는 사실이다. 유교적 가풍 속에서 자라난 정지용은 어려서 한학을 깊이 공부했다. 그의 시에는 두보나 이백 등의 한시에서 영향을 받은 부분들이 많다. 이런 점에서 정지용은 현대성과 전통성을 두루 갖춘 시인이다.

그는 자신의 시 세계 안에 한국 시가 나아가게 될 두 가지 길을 만들어 놓은 후 홀연히 사라졌다. 그가 살아남아 한국의 시단을 이끌어갔다면,

풍요 속의 빈곤을 보이고 있는 오늘의 한국시는 좀 더 깊은 세계를 가졌을지도 모르겠다. 그가 추천한 청록파 세 시인이 전후의 혼란한 한국시단을 굳건하게 이끌어 갈 수 있었던 힘 중의 일부는, 사라진 후견인 정지용이 못 다한 일을 자신들이 해야 한다는 책임감에서 나왔을 것이다. 『청록집』 출간 60주년이 되는 시점에 정지용이 생각나는 것은 이 때문이다.

모성과 이념을 향한 염세와 낭만의 시정신

— 오장환의 시세계

　　오장환은 1933년에 등단한 이후 제1시집 『성벽』(1937), 제2시집 『헌사』(1939), 제3시집 『나 사는 곳』(1947), 제4시집 『병든 서울』(1946), 제5시집 『붉은 기』(1950) 등 다섯 권의 시집을 간행했다. (제3시집 『나 사는 곳』은 해방 전에 쓰인 작품들을 모은 시집이지만, 해방 후인 1947년 6월 간행되었다. 간행 연대로 보아서는 『병든 서울』이 앞서지만 시인 자신의 의도 혹은 다른 여러 가지 정황으로 미루어보아 『나 사는 곳』을 제3시집으로 간주하고, 『병든 서울』을 제4시집으로 간주해야 한다.) 그를 서정주 유치환 등과 더불어 생명파 시인으로 부르는 것은 『시인부락』에 참여했던 동시에 그의 작품 속에는 실제로 생명과 육체에 대한 집요한 탐구 정신이 있었기 때문이다. 그는 세상의 모순을 극복하는 비판 정신을 지속시키는 동시에 서정적 세계에 대한 관심을 잃지 않았다.

　　유교적 전통을 지닌 집안에서 태어난 그는 어렸을 적부터 유교가 이념과 사상으로서 지닌 거대한 힘을 누구보다 잘 알고 있었다. 그러나 서자(庶子)라는 치명적인 생래적 조건을 지닌 그에게 유교와 전통은 자신을 억압하는 무서운 힘이 되기도 하였을 것이다. 왕조의 힘없는 몰락, 순식간에 밀려온 근대, 어머니의 인생 질곡, 아버지의 이른 죽음 등을 경험했던 그는 시대적인 변화에 제대로 적응하지 못했던 유교가 지닌 모순과 한계까지 고스란히 지켜볼 수밖에 없었다. 그가 유교 전통에 대하여 일말의 향수와 숨길 수 없는 증오를 동시에 가지게 된 것에는 시대적 환경과 개인적 특수성이 동시에 작용했다. 오장환은 적자와 서자, 양반과 평민, 남성과 여성 등에 대한 이분법적이고 비인간적인 사고에 대하여 매우 부정적인 견해를 가지고 있었다. 그러기에 그는 서자와 평민과 여성의 입장에서 조선의 근간이라 할 수 있는 유교적 전통을 조롱했다.

돌담으로 튼튼히 가려 놓은 집 안엔 검은 기와집 종가가 살고 있었다. 충충한 울 속에서 거미알 터지듯 흩어져 나가는 이 집의 지손(支孫)들. 모두 다 싸우고 찢고 헤어져 나가도 오래인 동안 이 집의 광영을 지키어 주는 신주(神主)들 들은 대머리에 곰팡이가 나도록 알리어지지는 않아도 종가에서는 무기처럼 아끼며 제삿날이면 갑자기 높아 제상 위에 날름이 올라앉는다. 큰집에는 큰아들의 식구만 살고 있어도 제삿날이면 제사를 지내러 오는 사람들 오조할머니와 아들 며느리 손자 손주며느리 칠촌도 팔촌도 한데 얼리어 닝닝거린다. 시집갔다 쫓겨온 작은딸 과부가 되어온 큰고모 손가락을 빨며 구경하는 이종언니 이종오빠. 한참 쩡쩡 울리던 옛날에는 오조할머니 집에서 동원 뒷밥을 먹어 왔다고 오조할머니 시아버니도 남편도 동네 백성들을 곧잘 잡아들여다 모말굴림도 시키고 주릿대를 앵기었다고. 지금도 종가 뒤란에는 중복사나무 밑에서 대구리가 빤들빤들한 달걀귀신이 융융거린다는 마을의 풍설. 종가에 사는 사람들은 아무 일을 안 해도 지내왔고 대대손손이 아무런 재주도 물리어 받지는 못하여 종갓집 영감님은 근시 안경을 쓰고 눈을 찝찝거리며 먹을 궁리를 한다고 작인들에게 고리대

금을 하여 살아나간다.

―「종가」 전문

'종가(宗家)'는 종손(宗孫)을 중심으로 여러 가족들이 의지하며 살아가는 곳이다. 이곳에서 가족과 친척이 여러 이유로 자주 모이는 것은 문중의 영속적인 발전을 바라는 마음에서일 것이다. 조상 숭배의 정신은 유교 시대의 종가 전통을 더욱 굳건하게 자리 잡게 했으나 조선 왕조의 말미와 연결된 위 시에 나타난 종가는 조금씩 퇴락해가는 모습을 지니고 있다. "큰집에는 큰아들의 식구만 살고 있"기는 하지만 신주들이 제상 위를 지키는 제삿날에는 종가의 잃었던 광영이 회복되는 듯도 하다. 그러나 온갖 친척들이 종가에 모여들지만 그 드러나 보이는 면면들은 초라하고 우스꽝스럽다. "시집갔다 쫓겨 온 작은딸 과부가 되어 온 큰고모 손가락을 빨며 구경하는 이종언니 이종오빠"의 모습에서 이 점은 구체적으로 확인된다. 동네 사람들을 곧잘 괴롭혔던 오조할머니의 위세도 어느덧 사라지고 고리대금업으로 "먹을 궁리"를 하는 종가 영감님(종손)의 모습은 가부장제를 유지해 오던 부성성의 위엄과 권위와는 거리가 멀다. 오장환이 바라본 종가의 모습이 이러할진대 시인은 이미 퇴락한 전통에 대한 깊은 회의를 가졌을 것이다. 물론 이 시에 종가에 대한 비판과 풍자만이 존재하는 것은 아니지만 유사한 소재를 가지고 쓴 다른 작품들에 나타난 시의식은 더욱 노골적이다.

가령 "내 성은 오씨, 어째서 오가인지 나도 모른다. 가급적으로 알리어 주는 것은 해주로 이사온 일청인(一淸人)이 조상이라는 가계보의 검은 먹글씨. 옛날은 대국 숭배를 유심히는 하고 싶어서, 우리 할아버니는 진실

이가였는지 상놈이었는지 알 수도 없다."(「성씨보(姓氏譜)」부분)라는 발
화에 이르러 오장환이 지닌 전통 부정 의식은 극에 달하게 된다. 「성씨보」
에 구체적으로 나타나듯 오장환은 전통과 역사를 부성과 연결시켜서 생각
했다. 그는 이토록 전통과 역사가 왜곡되고 변질되었기에 그의 이름 세 자
가 지닌 부성적 운명 중의 핵심인 '오'라는 성씨조차 신뢰할 수 없다고 말
한다. 자신이 타고난 성씨에 대한 회의와 야유는 존재 근간에 대한 처절
한 반성에서 출발하였다. 서자로 태어나 온갖 인생 질곡을 겪어야 했던 오
장환은 부성 자체를 부정하고 멸시했다. 또한 부성의 권위는 근대라는 시
대적 흐름을 거역하지 못한 채 이미 스스로 퇴락하고 있었다. 그는 부성을
부정했고 또한 부성을 상실했다. 그는 조선조 500년을 지탱해온 유교적 근
간을 잃은 상태에서 근대적 공간에 처하게 된 것이다. 그러나 과거를 부정
한 시인이 바라본 현재 역시 부정적이기는 마찬가지였다. 오장환은 과거
에서도 또한 현재에서도 어떤 위안과 대안을 찾지 못한 채 현실의 모순을
직시한다. 한국적 전통에서 해답을 찾지 못한 그는 서구의 작품과 문예이
론 및 철학과 사상을 접하면서 전통이 사라진 시대의 암울한 시대상을 매
우 현대적인 기법과 사상으로 그려내는 데에 노력하게 된다. 특히 그는 육
체와 물질에 대한 관찰과 사유를 통하여 세계에 맞서게 된다. 초기시에 나
타난 질병과 육체에 대한 근대적 자의식은 이러한 맥락에서 태동하였다.

  썩어 문드러진 나무뿌리에서는 버섯들이 생겨난다. 썩은 나무뿌리
  의 냄새는 훗훗한 땅속에 묻히어 붉은 흙을 거멓게 살지워 놓는다. 버
  섯은 밤 내어 이상한 빛깔을 내었다. 어두운 밤을 독한 색채는 성좌
  를 향하여 쏘아오른다. 혼란한 삿갓을 뒤집어쓴 가냘픈 버섯은 한자리
  에 무성히 솟아올라서 사념을 모르는 들쥐의 식욕을 쏘을게 한다. 진

한 병균의 독기를 빨아들이어 자줏빛 빳빳하게 싸늘해지는 소동물들의 인광! 밤 내어 밤 내어 안개가 끼이고 찬이슬 내려올 때면, 독한 풀에서는 요기의 광채가 피직, 피직 다 타버리려는 기름불처럼 튀어나오고, 어둠 속에 시신만이 겅충 서 있는 썩은 나무는 이상한 내음새를 몹시는 풍기며, 딱따구리는, 딱따구리는, 불길한 까마귀처럼 밤눈을 밝혀가지고 병든 나무의 뇌수를 쪼우고 있다. 쪼우고 있다.

— 「독초(毒草)」 전문

이 시는 독버섯을 중심 소재로 하여 음산한 밤의 풍경을 그로테스크하게 형상화하고 있다. 주로 다른 나무의 몸에 기생하는 버섯은 엽록체가 없어서 광합성을 하지 못한다. 화려한 빛깔을 지닌 버섯일수록 독을 지녔을 가능성이 높으므로 "밤내어 이상한 빛깔을 내었다"라는 진술은 자연스럽다. 버섯이 지닌 독은 인간을 포함한 동물의 질병을 일으키는 것을 넘어서 극소량으로도 그들을 죽음에 이르게 한다는 점을 생각할 때 이는 여느 병균보다 더 심각한 성질을 내포한다고 할 수 있다. 이 시가 형상화하는 괴기스러운 풍경은 근대적 삶의 비유와 상징이다. 버섯이 지닌 독은 인간 삶을 위협하여 질병을 일으키는 병균들을 뜻하며 이 독버섯 주변을 맴돌고 있는 들쥐는 질병과 죽음의 위험을 무릅쓰고 퇴폐와 타락을 즐기는 인간 삶을 뜻한다. 오장환은 세계의 모순에 대한 일체의 타협 없이 세계의 훼손과 오염을 적극적으로 노래했다. 질병과 병균에 대한 형상화를 펼친 시인의 시선은 드디어 매립지의 시신(屍身)에 와 닿는다.

등대 가차이 매립지에는
아직도 묻히지 않은 바닷물이 웅성거린다

오— 매립지는 사문장
동무들의 뼈다귀로 묻히어왔다.

어두운 밤, 소란스런 물결을 따라
그러게 검은 바다 위로는
쑤구루루…… 쑤구루루……
부어오른 시신, 눈자위가 희멀건 인부들이 떠올라온다.

—「해수(海獸)」 부분

제목인 '해수(海獸)'의 사전적인 뜻은 '바다에서 살아가는 포유류'이다. 그런데 이 시에서 이 말은 '바다에 사는 짐승', '바다를 떠도는 짐승 같은 것들' 등의 의미를 지닌 것으로 파악되는데 분명 이 의미는 부정적이다. 최남선의 「해에게서 소년에게」, 정지용의 '바다시편' 등에서 알 수 있듯, 신문학 초기 및 일제강점기의 시인들은 바다를 대체로 근대의 상징으로 수용하여 이를 새로운 것을 받아들이는 낙관적 가능성의 공간으로 인식하였다. 이에 비하여 오장환은 바다를 가능성이 전혀 없는 타락과 오염의 극한 공간으로 수용했다. 다양한 질병으로 인하여 오염되고 훼손된 육체는 시신이 되어 바다에 이르러 매립지에 묻혔다. 또한 이 시신들조차 훼손되어 정상적인 상태가 아니다. "희멀건 인부"의 육체는 이미 "부어오른 시신"의 상태에 있는 것이다. "눈자위가 희멀건 인부"의 모습은 근대적 육체의 훼손을 여실히 보여준다. 오장환 역시 여느 시인들과 마찬가지로 '바다'를 근대 문명의 상징으로 수용했다고 유추할 때 그는 그 근대를 매우 부정적이고 위험하고 타락한 것으로 인식했다고 할 수 있다.

오장환은 근대적 공간을 배경으로 한 염세와 절망을 극복하기 위한 돌파구로서 두 가지 근원적 존재에 더욱 매달리게 된다. 그는 자아와 세계에 미만한 질병을 치유하고 죽어가는 것들의 갱생을 위하여 모성과 이념에 기댈 수밖에 없었던 것이다. 모성과 이념은 그가 잃어버렸던 것, 예를 들어 건강, 고향, 가족, 조국 등의 공백을 한꺼번에 해결해 줄 수 있었던 낭만적 대안이었다. 이 두 근원으로 달려가는 시인의 시선은 동경과 기대로 가득 찼다.

어머니 서울에 오시다.
탕아 돌아가는 게
아니라
늙으신 어머니 병든 자식을 찾아오시다.

－아 네 병은 언제나 낫는 것이냐.
날마다 이처럼 쏘다니기만 하니……
어머니 눈에 눈물이 어릴 때
나는 거기서 헤어나지 못한다.

－내 붙이, 내가 위해 받드는 어른
내가 사랑하는 자식
한평생을 나는 이들이 죽어갈 때마다
옆에서 미음을 끓이고, 약을 달인 게 나의 일이었다.
자, 너마저 시중을 받아라.

오로지 이 아들 위하여
서울에 왔건만
며칠 만에 한 번씩 상을 대하면
밥숟갈이 오르기 전에 눈물은 앞서 흐른다.

어머니여, 어머니시여! 이 어인 일인가요
뼈를 깎는 당신의 자애보다도
날마다 애타는 가슴을
바로 생각에 내닫지 못하여 부산히 서두르는 몸짓뿐.

-이것아, 어서 돌아가자
병든 것은 너뿐이 아니다. 온 서울이 병이 들었다.
생각만 하여도 무섭지 않으냐
대궐 안의 윤비는 어디로 가시라고
글쎄 그게 가로채였다는구나.

시골에서 땅이나 파는 어머니
이제는 자식까지 의심스런 눈초리로 바라보신다.
아니올시다. 아니올시다.
나는 그런 사람과는 아무런 관계도 없습니다.
내가 생각하는 것은
이 가슴에 넘치는 사랑이 이 가슴에서 저 가슴으로
이 가슴에 넘치는 바른 뜻이 이 가슴에서 저 가슴으로
모든 이의 가슴에 부을 길이 서툴러 사실은
그 때문에 병이 들었습니다.

어머니 서울에 오시다.
탕아 돌아가는 게
아니라
늙으신 어머니 병든 자식을 찾아오시다.

　　　　　　　　　　　　　　　— 「어머니 서울에 오시다」 전문

　오장환은 전체 시세계에 걸쳐서 모성에 대해서 남다른 애정을 지닌 시를 여러 편 남겼다. 타락한 봉건사회를 타파하고 새로운 시대를 갈망하는 시의식 속에 항상 모성에 대한 애착이 자리 잡고 있었다. 위 시에서 시인은 자신을 "탕아"라 규정하고 이 탕아에 대한 끝없는 사랑으로 서울의 어느 병원에 찾아온 늙으신 어머니에 관한 이야기를 펼쳐 놓는다. 병든 자식에 대한 회한, 가족의 연이은 죽음에 대한 슬픔, 아들을 위한 간절한 마음 등으로 시작된 작품은 "날마다 애타는 가슴을/바로 생각에 내닫지 못하여 부산히 서두르는 몸짓뿐"이라는 구절에 이르러 전환 국면이 나타난다. 즉 화자가 날마다 애가 타서 부산한 몸짓을 서두르는 이유는 가족사적 슬픔과도 연결될 터이지만 이는 역사적이고 시대적인 슬픔과 더 가깝게 이어질 것이다. 그렇게 본다면 6, 7연에 나타난 다소 의아하고 낯선 어머니의 진술이 지닌 맥락은 어느 정도 이해될 수 있을 것이다. "병든 것은 너뿐이 아니다. 온 서울이 병이 들었다"라는 진술은 "시골에서 땅이나 파는" 아낙네의 세계관이 아닌 사상가의 어머니가 지닌 세계관의 피력이다. 그러기에 아들의 대승적 생각에 어머니는 공감하였던 것이다. 그럼에도 불구하고 어머니의 안타까움과 아들의 슬픔이 완전히 가셔지는 것은 아니지만, 아들을 문병 온 어머니와 병든 아들 사이에 형성된 공감대는 상호간에 어느 정도의 위안으로 작용했을 것이다.

> 뛰노는 가슴이여! 솟구쳐라
> 온 세상이
> 새 역사를 외치는 거세인 날씨에
> 이 젊은 가슴아! 더 더 솟구쳐라
>
> 조소 양국의 깃발

휘날리는
모스크바에
우리의 장군은 오셨다

당신을 맞이하는
역두에
붉은 친위대의 사열은 씩씩하고
그들이 주악하는
우리의 애국가는 우렁차도다

스탈린이시여!
당신이 해방하신 나라
장군이시여!
당신이 이끄시는 나라
굳건한 조국은
이제 늠름히
민주와 평화의 전열에
어깨 가지런히 나섰다

설레는 가슴아― 외쳐라
위대한, 사회주의 소비에트공화국연맹과
우리 조선민주주의인민공화국의
끝없는 결합을……

당신들의 뜨거운 악수여!
이것은
이억과 삼천만의 힘찬 손잡음이다
젊은 가슴아! 더 더 외쳐라

짓밟혔던 조국을
처음 세우는 우리들의
넘치는 환희여!
악독한 원수와의 싸움 속에서
흐르는 뜨거운 피들이여!

이른 봄 모스크바의
하늘에
조선과 소비에트의 깃발
찬란히 휘날리는
3월 17일

삼천 만의 가슴과
삼천만의 희망을 안고
우리의 장군은
평화와 자유의 수도로 오셨다

— 「김일성 장군 모스크바에 오시다」 전문

　해방 후 남한에서의 생활을 접고 월북한 오장환은 이념을 통하여 새로
운 삶을 희구하였다. 초기시를 통하여 봉건적 유교 질서에 대한 야유를
퍼부었고, 중기시를 통하여 서구 사상인 기독교에 대하여 부정적인 견해
를 피력했던 그가 해방 공간에서 의지할 사상은 많지 않았다. 그가 그토
록 갈망했던 해방 조국이었지만 그 조국은 안정된 모습이 아니었다. 역사
적 방황 속에서 오장환은 사회주의 이념에 더욱 빠져들게 되었고 그 이념
의 선봉에 있었던 김일성을 통하여 잃어버린 부성의 권위를 되찾고자 하
였다. 이 시의 제목인 "김일성 장군 모스크바에 오시다"와 모성에 대한

갈망을 노래한 작품 제목인 "어머니 서울에 오시다"의 통사 구조가 유사한 것은 우연이 아니었다. 시인은 김일성이라는 부성과 어머니라는 모성을 수평적으로 인식함으로써 이 두 근원성이 자신의 방황을 위무하여 주기를 희구했다. 사회주의에 대한 오장환의 맹목적인 믿음은 유교 전통과 근대 자본주의에 대한 회의를 통하여 더욱 확대된다. 그는 모성과 이념을 통하여 병든 세상을 치유하고 새로운 생명을 얻기를 갈망하였던 것이다.

1947년 11~12월경 오장환은 만29세의 나이로 월북을 했다. 병마와 싸우면서도 뜨거운 청춘의 시간을 보냈던 그는 더 이상 남한에서의 삶을 스스로 용인하지 않았던 모양이다. 그는 월북 후인 1948년 12월 모스크바에 갔다가 이듬해 7월 북한으로 돌아온다. 그의 병을 치유하기 위한 여행이었으나 결국 그는 1951년 그를 오랫동안 괴롭혔던 신장병으로 인해 만33세의 짧은 일기로 세상을 마감한다. 그의 문학 속에 깃든 질병과 생명의 상상력은 일차적으로 근대 공간의 무질서와 오염에 관한 사유에서 비롯되었으나 다른 한편으로 보면 자신의 병마와 연결되었다. 즉 그가 노래한 시대에 대한 다채로운 상상력은 질병과 죽음에 대한 존재론적 사유와 맞물리면서 더욱 핍진한 것으로 발전했다. 그가 쓴 작품들 대부분이 2~30대라는 청춘의 시절에 쓰였음에도 불구하고 의미심장한 형이상학을 보여주는 점에 주목하면서 그의 뜨거웠던 문학 역정(歷程)이 지닌 새로움과 날카로움과 따뜻함이 주는 문학사적 의의를 높이 평가하게 된다.

※위 글은 필자가 학술지에 기발표한 「오장환 시에 나타난 질병과 생명의 문제」, 『한국 언어문학』 78집, 2011년 9월을 문예지 수록에 접합한 형태로 바꾸어 일부 수정한 것이며 본고에서 인용한 오장환의 작품은 '김재용 편, 『오장환 전집』, 실천문학사, 2002'의 표기를 기준으로 삼았다.

제2부

성찰과 상상

네가 있어 삶은 과일처럼 익는다

— 이기철 시집 『꽃들의 화장 시간』론

1.

이기철 시인은 1972년 입지(立志)의 나이로 등단한 이후 시력 40년을 넘긴 지금까지 간행한 17권 작품집을 통해 한국현대시사(韓國現代詩史)에 튼실한 한 획을 그어주었다. 이는 그가 일상에서 자연으로, 자연에서 우주에 이르는 폭넓은 소재에 대한 깊은 탐색을 통해서 인간 삶의 심연과 존재의 원리를 꿰뚫는 치밀한 사유의 궤적을 오롯이 보여주는 시를 일관되게 생산해내었기 때문에 가능한 일이었다. 이번에 간행하는 18번째 시집 『꽃들의 화장 시간』(서정시학, 2014) 역시 그동안 지향해온 내면구조의 특징들을 잘 간직하는 동시에 존재의 시공간이 확장된 사물과 자연에 대한 더욱 세련된 인식과 그 인식을 통한 화해의 지평을 실감나게 형상화하는 데에 성공하고 있다. 특히 이번 시집은 고전(古典)에 대한 재해석과 그것을 시의 혈관 속으로 새롭게 융합시키려는 온고지신(溫故知新)의 시정신

을 함유하여 단아하면서도 다채로운 미의식을 더욱 충만하게 구현하고
있다.

2.

　시간과 세월에 대한 시인의 인식 방법론을 살펴봄으로써 이번 시집의
출발점을 가늠해 보고자 한다. 이번 시집에는 다양한 시간이 등장한다.
동심어린 유년의 시간에서부터 고희(古稀) 종심(從心)을 넘어서는 황혼의
시간까지를 거쳐온 시인은 이 모든 세월의 흔적을 아름답고 애틋하게 형
상화하고 있다. 이러한 시의식 속에는 시간을 거슬러 과거로 회귀하고 싶
은 갈망이 꿈틀거리기도 하고 자신이 지나쳐온 인생의 기나긴 시간에 대
한 회환이 묻어있기도 하다. 인간의 삶 속에 깃들어 있는 시간의 지속성
과 반복성은 인류의 문학적 유산 속에서 관습과 전통으로 자리 잡고 있으
나 이기철 시인은 그러한 상징체계 위에다 여행의 형이상학 혹은 낭만적
사유의 의미망을 가미하여 시간의 공시성과 통시성을 동시에 재해석해내
는 입체적 상상력의 구조를 보여준다.

> 누가 저 리본 같은 이름을 붙였을까
> 외떨어진 남녘에 코스모스역이 있다
> 동대구를 떠나 순천 가는 길
> 진주 지나 완사, 완사 지나 북천이다
> 병 나은 햇빛들이 모두 여기 와 옹알거린다
> 코스모스는 지고 없고 낮에 잘린 꽃대들만 까끄라기처럼 선 코스모
> 스역

저 뒤쪽, 단장한 초등학교 운동장에는 내 열 살적 신발 한 짝이
눈물 글썽이며 단짝 동무를 기다리고 있을 것 같다
이곳이 북천, 팻말에는 이병주문학관, 다솔사 명패가 보인다
청년 김동리가 하늘 원고지에 필묵을 찍던 곳이다
생각은 생각으로 색동옷을 입는다
마음만 내려놓고 몸은 급히 빠져나간 1분이
1시간을 데리고 질긴 끈처럼
내 등을 따라온다
코스모스, 그 많던 꽃잎들은 어디에 제 분홍 저고리를 벗어두었나?

—「코스모스역」 전문

"리본"처럼 예쁘고 귀여운 코스모스가 만개한 시절을 지녔을 "코스모스
역"을 지나는 시인은 현재와 과거, 그 긴 시간 사이를 머뭇거린다. "병 나
은 햇빛들"이 천진난만하게 모여서 옹알거리는 시간에 시인은 그 옛날의
추억 속으로 빠져든다. 귀여운 소녀들처럼 바람에 하늘거렸을 코스모스
가 사라진 "코스모스역"에는 코스모스는 없고 코스모스의 혹은 코스모스
같은 추억만이 수런거리고 있다. 낫에 잘린 꽃대들만이 존재하는 쓸쓸한
이 역은 유년의 기억으로 향하는 매개체 역할을 하고 있다. 그리하여 재
미있게 놀다가 "신발 한 짝"을 초등학교 운동장에 두고 온 열 살 때의 기
억이 오버랩된다. 이 "코스모스역"이 환기시키는 추억의 공간에서 지속적
으로 머물 수는 없는 것이 인간의 숙명이다. 급하게 빠져나온 추억의 공
간은 저 멀리서 존재하고 그 먼 곳에서 방황하는 한쪽 신발은 추억의 흔
적이 되어 짝꿍을 기다린다. 유년의 자아와 성인의 자아가 결합되었다가
다시 분리되고, 그 분리의 형국 속에서 현실적 자아와 이상적 자아가 길
항하는 곳이 "코스모스역"이다.

"이곳이 북천, 팻말에는 이병주문학관, 다솔사 명패가 보인다"라는 구절에서 상상의 공간은 다시 현실의 공간으로 치환된다. 원고지는 글 쓰는 이의 상상력과 꿈을 한없이 펼칠 수 있는 공간이고, 하늘은 넓은 세상이며 지상을 수직으로 초월한 공간이기에 이 두 이미지가 결합된 "하늘 원고지"는 문인으로서의 주체가 낭만과 이상을 마음껏 그릴 수 있는 청운지지(靑雲之志)의 장(場)일 것이다. 꼬리를 문 "생각"과 "마음"은 추억의 자아와 이어지고, 급히 빠져나간 "몸"은 현실의 자아와 이어진다. 추억과 현실은 상상을 통해서 교접하지만 그 상상이 멈출 때 추억과 현실은 다시 분리된다. 추억에 대한 망설임 속에서 시인의 몸은 과거의 시간에서 슬며시 분리되어 나온다. 추억을 추억으로 간직하면서 다시 현실로 돌아가야 하는 것이 인간의 삶이며 인간의 운명 아니겠는가! 과거에 대한 기억을 접고 돌아온 현실을 허무하다고만 할 수도 없다. 돌아가고 싶지만 돌아갈 수 없는 것이 과거이지만 과거는 과거대로 남아서 현실을 살아가는 시인의 내면에 여전히 존재하기 때문이다.

이곳에 일흔 해를 정박했다, 그리운 표류여
낡은 책같이는 나는 저물 수 없다
양지꽃 피고 패랭이꽃 돋는 땅에 행복 한 포기 심으려
나는 꽃삽에 담긴 제비꽃처럼 이곳에 심겨졌다
그저 견디는 것이 삶이라고 배웠기에 그냥 견뎠다
나무는 쳐다보는 것이라고 배웠기에 오르지 않았다
시에서는 은유를 배웠지만 내 삶에는
일구의 은유도 없다
무구라는 말을 알아 때 묻지 않는 삶을 살려 했다
옷깃 소리만 들어도 내 사람인지를 아는 날을 햇살처럼 사랑했다

하늘이 새 별을 찍어내는 밤에도
나는 아무 것도 탕진하지 않았다
한 켤레의 양말 반 조각의 휴지 한 장의 엽서도 버리지 않았다
그것이 사랑이라면 내 사랑은 그런 종류의 것이었다
내 신발에 닳은 길이 아플 때 내가 아팠다
오들오들 떨며 이 세상 지나가는 영혼을 부르는 동안
푸른 이파리 하나가 흔들리며
잠든 천 년을 깨우고 있다

— 「그리운 표류」 전문

"이곳"은 시인이 살고 있는 현실 세상이다. 이곳에서 시인은 추억을 버리지 못한 채 추억의 흔적을 모두 안으며 살고 있다. 과거를 잃고 싶지 않은 심정이 있고 그리움을 품고 살겠다는 내면의식이 들어 있는 작품이다. "꽃"의 삶은 일상적 삶을 은유한다. 꽃이 아름답기는 하지만 움직일 수는 없기에 이는 정박하는 삶에 가까울 것이다. 나무가 지닌 상승적 이미지에 대한 동경도 있었지만 그곳을 함부로 오르지 않았던 조심성 깊었던 시인이기에 현실적 원리에 맞춰가면서 삶을 영위할 수밖에 없었을 것이다. 또한 "내 사람"이라는 이생의 인연을 잘 지켜야 했기에 제도와 규범을 함부로 저버릴 수가 없었다. 이처럼 윤리적 자아를 간직한 시인은 "한 켤레의 양말 반 조각의 휴지 한 장의 엽서도" 쉽게 버릴 수 없었다.

"하늘"과 "새"와 "별" 등 지상을 초월하는 상징을 시인은 동경했지만 이러한 동경이 삶의 완결성을 담보하지는 못하였다. 현실과 이상의 상호작용 속에서 그는 발 닳는 길의 고통까지 연민해야 했다. "오들오들 떨며 이 세상 지나가는 영혼을 부르는 동안" 자아의 영혼과 타자의 영혼은 동

일시된다. 시인이 지금껏 살아온 "일흔 해"의 세월에 비해 "잠든 천 년"은 매우 큰 시간이다. "푸른 이파리"에는 현실적이고 일상적인 의미로서의 윤리성이 배어 있는데 이것이 천 년을 깨울 때 현실을 초월하고자 하는 우주적 자아는 꿈틀거릴 것이다. 미적 자아와 초월적 자아에 대한 그리움, 낭만적인 자아의 눈뜸이 확인되는 부분이다. 시인은 작품의 앞부분에서 자신의 삶에 관해 "일흔 해를 정박했다"고 단언하지만 어찌 예술가의 삶이 정박에만 그쳤겠는가! 삶의 답보 상태에 대한 반성을 보이는 동시에 표류에 대하여 끊임없이 갈망하는 자세, 그 자체가 이미 정박이라는 고답적 정서를 뛰어넘어서고 있다. 요컨대 이 시는 현실과 이상, 정박과 표류, 윤리와 위반 그 사이에서 길항하는 내면의식을 입체적으로 보여주고 있다.

3.

시집의 2부는 고전(古典)에 연원을 둔 제목과 시어들로 가득 차 있다. 이들 시편들은 시인의 독서 취향을 짐작하게 하는 동시에 세월을 이기고 문화유산으로 자리 잡은 전통적 세계에 대한 시인의 애정을 엿볼 수 있게 한다. 특히 이긍익, 김시습, 서거정, 박세채, 정약용 등 파란만장한 삶 속에서 독창적인 사상을 보여주었던 이들의 저술에 대한 세심한 해설과 통찰은 인간 삶이 지닌 유한한 시간성을 충분히 확장시켰다.

나무의 육체가 튼튼해지고 나무와 나의 거리가 가까워졌다

머리칼을 날리며 바람이 나무 사이를 지나간다
달빛은 오래된 나라를 지나오느라 발이 아프다
손가락으로 달을 가리키면 옥양목 찢는 소리가 난다
옛 책에서 새 향기가 나는 까닭을 혼자 묻고 대답하는 저녁
평측(平仄)을 익힌 벌레들이 오언율시 평거성으로 운다
명아주 지팡이에 불붙여 글 읽는 집이 연려실*이다
편월이 놀러 왔으니 아미루를 편월루라 부르려다가
참나무가지에 부리를 닦으며 노래하는 앵어에 마음 앗긴다
문도(文道)엔 생활이 없다 했지만
내게는 생활의 신발소리가 문도보다 미덥다
적요를 찢는 새들의 방언을 무슨 말로 번역하랴
별빛에 손가락을 대면 해금 소리가 난다

*연려실(燃藜室); 명아주 지팡이에 불 붙여 책 읽는 집

―「연려실(燃藜室)」 전문

이 시의 제목 연려실(燃藜室)은 조선 후기의 실증적인 역사가 이긍익의 호이다. 중국 전한(前漢)시대의 학자 유향(劉向)이 어둑한 방에서 책을 보고 있었는데, 선인(仙人)이 나타나 자신이 짚고 온 명아주로 만든 지팡이를 태워 그 방을 밝혀주었다는 옛이야기에서 연려실(燃藜室)이라는 말이 비롯되었다. 형설지공(螢雪之功)의 의미와도 통하는 연려실의 의미를 반추하는 것은 자연을 벗 삼아 나무의 건강한 육체성 그리고 그 연륜(年輪)을 배우며 독서에 몰입하는 삶의 소중함을 강조하기 위함이다. 이긍익은 평생을 고난 속에서 방외인으로 살았으나 제도권의 역사서를 능가하는 합리적이고 실증적인 역사서 『연려실기술』을 남겼다. 그러므로 연려실이 지향한 정신세계는 시인이 제도 교육에서 은퇴한 후 훨씬 더 자유로운 지

평에서 후학을 양성하며 보람 있는 여생을 보내고 있는 공간인 여향예원
((如鄉藝院) 경북 청도군 각북면 덕촌리 소재)의 상징성과 상통할 것이다.

이 시는 청각적인 이미지로 가득 차 있다. 시각 기능이 떨어지는 저녁
시간에 소리는 더 큰 구체성을 지니게 된다. 손가락으로 본질로서의 달을
가리키면 본질을 보지 못하는 사람들은 시끄럽고 잡스러운 소리를 내기
마련이다. 시인의 진심을 알지 못하는 세상의 소리가 있다면 이것 역시
"옥양목 찢는 소리" 같은 비본질적인 형상에 불과할 것이다. "옥양목 찢
는 소리"에는 지혜나 지식이 없어 보인다. 이런 세상에서는 달빛조차 발
이 아프다. 책에서 새 향기가 나고 벌레들이 "오언율시 평거성"으로 울고
있는 탈속의 공간에서 시인은 다시금 선비가 닦아야 할 도리(文道)를 생각
하며 옷깃을 여민다. 그러나 선비의 삶을 추구한다고 해서 예술적 자아를
완전히 벗어던질 수 없었다. 그러기에 시인은 학문의 길보다는 아름다운
꾀꼬리(앵어)의 노래에 마음을 빼앗기거나 혹은 "생활의 신발소리"에 더
믿음이 간다고 말한다. 그러나 현실의 생활 소리를 쉽게 해석하기 어렵듯
적요를 찢는 새들의 방언을 번역하기도 쉽지는 않다. 관념이든 구체든 어
렵긴 매 한가지이지만 시인의 시는 구체성의 현현에 더 가까이 있었기 때
문에 그는 "생활의 신발소리"를 신뢰한다. 결국 "별빛" 같은 이상과 "손가
락" 같은 현실이 합쳐질 때 문도와 생활이 결합되는 듯 "해금 소리"가 들
려올 것이다. "해금 소리"는 예술적 자아와 선비적 자아가 결합되는 지평
에 다다르고 있다. 이 소리를 통해서 세속에서 학문으로, 학문에서 생활
로, 생활에서 예술로 이어지고 있는 내면구조의 역동성을 확인하게 된다.

이기철 시인은 생활인으로서의 번뇌를 마다하지 않으면서 낭만적인 우
수와 고뇌에 찬 사색 그리고 여기에서 비롯된 예술혼에 대한 깊이 있는 형

상화를 추구한 시인이라는 점을 위 시에서 확인하였다. 이러한 입체적인 시정신이 고전의 지혜를 창조적으로 계승하려는 지향성을 겸비하였다는 점에서 이번 시집의 특색은 더욱 명료해진다. 시인이 고전의 구절들에 빗대어 표현하고자 한 것의 궁극에는 시인 자신의 삶이 있다. 자신의 삶의 현재적 지향성 혹은 철학과 어떤 유사성을 지닌 고전적 맥락에 시인은 더욱 관심을 가지게 되었을 것이다. 그리하여 시인은 고전에의 천착을 통하여 현재적 삶과의 동일성을 확인하고 나아가 탈속의 지평에서 세속을 정직하고 냉철하게 투시하는 자신만의 철학을 구체화시킬 수 있었을 것이다.

나뭇잎의 살갗은 초록이다 머리카락과 눈빛마저 초록인 나뭇잎을 보면 내 몸에도 초록 잎사귀가 돋는다 흰색 추종자들이 초록 신도가 되는 시간은 오래 걸리지 않는다 반나절이면 속옷까지 물든다 수런거린다고 해도 되지만 나뭇잎은 말이 없다 입보다 귀가 수선스러워 나뭇잎의 수런댐을 귀가 들을 뿐이다 햇빛은 거기에 놀러온 아이일 뿐, 바람은 건달이어서 잎과는 연애 한 번 못한다 하룻밤 자고 가지 못한다 입술이 뾰족한 별빛만 초록의 방에 잠자고 가는 신랑이다

나뭇잎에 시를 쓰면 나뭇잎은 동색(同色), 나뭇잎 엽서가 서책이다 서책은 작고 짧아 관주도 비점도 남길 수 없다 세상 속에 나가지 않고 세상 뒤에 숨어서 헌옷 기워 입고 새 깃털로 몸 데운다* 그래도 나는 오늘 진종일 나뭇잎 엽서에 마음으로 시를 써서 물에 띄웠다 옛날 시인 매월당처럼

* 萬樹凝霜修仲由縕袍千山積雪整王恭之鶴氅與其落魄而居世孰若逍遙而送生冀千載之下知余之素志(나무숲에 서리 내리면 중유(子路)의 헌옷이나 기워놓고, 천개의 산에 눈이 쌓이면 왕공의 학창의(새 깃털을 뽑아 만든 옷)

나 입으려 합니다. 낙백한 신세로 세상에 살기보다는 마음대로 산수간에 소요하면서 살기를 바랍니다. 그리하여 천년이 지난 뒷세상에서라도 나의 평소의 마음을 알아주기를 바라마지 않습니다) 金時習, 上柳襄陽陳情書, 『梅月堂集』

— 「매월당처럼」 전문

위 시의 구절구절에는 매월당 김시습의 삶과 사상이 고스란히 배어 있다. 이는 성실한 교육자로서의 삶을 원만하게 마감한 후 향리 가까운 곳으로 내려와 은자(隱者)로서의 지혜를 체득하고 있는 시인의 현재적 모습과 서로 통한다. 이에 반해 "흰색 추종자들"은 예술과 자연의 의미를 깨닫지 못한 사람들이다. 나뭇잎에 시를 쓰면 나뭇잎이 시인지 시가 나뭇잎인지 구분이 되지 않는다. 시인은 나뭇잎에 시를 쓰면서 자연 속에 묻힌 은자적 생활에 익숙해져 가고 있으며 나아가 그 삶을 향유하고 있는 듯하다. 살갗도 머리카락도 눈빛도 초록인 나뭇잎과 혼연 일체된 합일의 경지를 이토록 능수능란하게 형상화하고 있으니 말이다. 나뭇잎에 쓴 시 구절은 언어로 만들어짐과 동시에 언어 아닌 것이 되어 자연 속으로 사라진다. 자연에서 온 존재들이 자연으로 돌아가듯 자연에 깃든 시가 자연 속으로 사라질 것이다. 시를 적은 나뭇잎을 물에 띄워 보내면 시가 사라지는 속도는 더욱 빨라질 것이다. 평가를 의미하는 관주(貫珠)나 비점(批點)도 남기지 않으려는 정신에는 '언어로 된 시'보다는 '마음의 시'에 대한 이끌림이 나타난다. 이러한 시정신이야말로 초월적 자아가 지닌 진정한 예술가 의식일 것이다. "나뭇잎의 수런댐"을 마음으로 들으며 스스로 "초록의 방에 잠자고 가는 신랑"이 되어가는 시인에게 매월당 김시습이 지닌 방외인적 정신세계는 위로와 교훈 나아가 감동을 동시에 안겨주었을 것이다.

"세상 속에 나가지 않고 세상 뒤에 숨어서 헌옷 기워 입고 새 깃털로 몸데운다"라는 구절에 이르러 매월당이 지향한 삶의 모습이 시인에게 온전히 전수되고 있음을 짐작하게 된다. 풍진 세상의 모든 명리(名利)를 초월한 채 세상 밖에서 세상을 직시한 매월당이 끝내 버리지 못한 것 중 하나가 시에 대한 사랑이었다. 이기철 시인 역시 옛날 시인 매월당의 심정을 빌려 "나는 오늘 진종일 나뭇잎 엽서에 마음으로 시를 써서 물에 띄웠다"라고 했는데 이 구절에 보인 시에 대한 애정과 투신은 자연합일 물아일체라는 표면적인 주제를 넘어서 이 시가 궁극적으로 말하고자 하는 것이다. 시인이 마침내 사랑한 시는 '서책이라는 물질로 존재하는 시'가 아니라 물처럼 흘러가 저 우주 밖으로 사라져 버려도 좋은 '언어도단(言語道斷)의 정신과 마음의 시'일 것이다.

4.

이기철 시인은 이번 시집에서 생래적 언어 감각과 섬세한 미적 감수성을 지닌 탁월한 서정시인으로서의 면모를 여실히 보여준다. 시인은 언어 예술로서의 시적 형식 속에 서정적 정취와 풍모를 잘 녹여 넣고 있다. 이러한 시정신이 휴머니즘과 이어질 때 시인의 시가 주는 감동은 극대화한다. 이번 시집에 두루 나타난 '서러움', '슬픔', '그리움', '아름다움' 등과 관련된 시어들은 그의 시세계가 지닌 주요한 국면을 잘 드러내고 있는데 이 이미지들과 언제나 가장 밀접히 연관되는 것은 사랑의 시정신일 것이다.

시인은 연민과 포용의 시정신을 통하여 "죽고 싶은 날 보단 살고 싶은 날이/미워한 시간보단 사랑한 시간이/망각의 시간보단 기억의 시간이/더 많았다고 말하고 싶"(「봄꽃 피는 내 땅 4월에」 부분)었다. 시인은 살며 사랑하며 추억하는 시간 속에서 수시로 그리운 "어떤 이름"을 만났을 것이다.

어떤 이름을 부르면 마음속에 등불 켜진다 그를 만나러가는 길은 나지막하고 따뜻해서 그만 거기 주저앉고 싶어진다 애린이란 그런 것이다

어떤 이름을 부르면 가슴이 저며온다 흰 종이 위에 노랑나비를 앉히고 맨발로 그를 찾아간다 아무리 둘러보아도 그는 없다 연모란 그런 것이다

풀이라 부르면 풀물이, 불이라 부르면 불꽃이, 물이라 부르면 물결이 이는 이름들도 있다 부르면 옷소매가 젖는 이름들이 있다 사랑이란 그런 것이다

어떤 이름을 부르면 별이 뜨고 어떤 이름을 부르면 풀밭 위를 바람이 지나고 은장도 같은 초저녁별이 뜬다 그리움이란 그런 것이다

부를 이름 있어, 속으로만 부를 이름 있어 우리의 하루는 풀잎처럼 살아있다

— 「어떤 이름」 전문

이 시의 주요한 시어는 "애린", "연모", "사랑", "그리움" 등이다. 이들 시어는 조금씩 다르면서도 상당 부분 유사한 의미를 지닌 관념적인 어휘

이다. 이것들은 대상들과의 관계성을 맺는 동력으로 기능하며 '부른다는 행위'와 밀접히 관련된다. 대상을 부름으로써 관계성이 형성된다. 시인은 구체적인 상황에 대한 형상화를 통하여 이들 시어가 지닌 관념적 색채를 희석시키는 동시에 이들의 의미망을 서사화하고 있다. 이름 부르기는 존재의 비의(秘義)를 확인하는 작업이다. 시의 구절을 대강 빌리면, "애린"이란 마음속이 환해지고 따뜻해지는 것이고, "연모"란 가슴이 저며 오지만 쉽게는 대상을 찾을 수 없는 것이고, "사랑"이란 눈물로 옷소매가 젖는 것이고, "그리움"이란 별이 뜨고 바람이 지나가는 것이다. 요컨대 애린과 연모와 사랑과 그리움의 대상들은 한결같이 시인의 마음과 육체에 생동감을 들게 하고 주체의 살아있음에 중요한 의미를 부여한다. 그러므로 그 감정이 있음으로 인하여 "우리의 하루는 풀잎처럼" 싱싱하게 살아나는 것이다.

어떤 열매를 달까 생각느라 나무는 고개를 숙인다
그 힘으로 저녁이면 과일이 익는다
향기는 둥치 안에 숨었다가 조금씩 우리의 코에 스민다
사람 아니면 누구에게 그립다는 말을 전할까
저녁이 숨이 될 때 어둠 속에서 부르는 이름이
생의 이파리가 된다
이름으로 남은 사람들이 내 생의 핏줄이다
하루를 태우고 남은 빛이 별이 될 때
어둡지 않으려고 마을과 집들은 함께 모인다
어느 별에 살다가 내게로 온 생이여
내 생은 나 혼자만의 것이 아니구나
나무가 팔을 벌어 다른 나무를 껴안듯

사람은 마음을 벋어 타인을 껴안는다
어느 가슴이 그립다는 말을 발명했을까
공중에도 푸른 하루가 살듯이
내 시에는 사람의 이름이 살고 있다
붉은 옷 한 벌 헤지면 떠나갈 꽃들처럼
그렇게는 내게 온 생을 떠나보낼 수 없다
귀빈이여 내게 온 생이여
네가 있어 삶은 과일처럼 익는다

— 「생은 과일처럼 익는다」 전문

이 시는 휴머니즘에 근간을 둔 시인의 인생관이 구체적으로 드러난 작품이다. 성숙해가는 사람이 겸손의 미덕으로 고개를 숙이듯이 나무가 고개를 숙이는 것은 성숙의 결과인 열매를 달기 위함이다. 큰 나무의 밑동(둥치)에 숨어 있던 향기가 우리의 코에 다가올 때 우리는 그리움의 정서 속에 젖어들게 된다. 향기처럼 우리의 마음속에 젖어오는 그리움은 언제나 사람을 향한 것이 아니겠는가? 사람과 사람의 끊임없는 관계가 바로 인생이다. 이름 부르기는 관계성의 대한 인식에서 비롯된다. 사람의 이름이 소중해지는 쓸쓸한 저녁 시간에 우리가 부르는 상대의 이름은 그들 인생의 존재 의미를 서로에게 각인시켜 줄 것이다. 그리하여 그리움의 대상으로 남은 사람들은 "내 생의 핏줄"과도 같은 절실한 육체성으로 현현할 것이다. 밤이 되어 불 밝히기 위해 함께 모인 "마을과 집"은 환한 마음을 찾아가는 사람들의 공동체이다. 공동체의 형성은 그리움의 소산이며 새로운 그리움의 시작일 것이다. "어느 별에 살다가 내게로 온 생이여/내 생은 나 혼자만의 것이 아니구나"라는 구절에 이르러 성찰의 시정신은 극대화한다. 시인은 어둠의 시간을 자아성찰의 시간으로 맞이했던 것이다.

'나무의 팔'과 '사람의 마음'은 그리움으로 인하여 나타난 움직임을 내포한다. 그 마음의 동력으로 나무는 다른 나무에게로 가야 하고 사람은 다른 사람에게로 가야 한다. '시 속에 들어 있는 사람의 이름'이 '공중에 존재하는 푸른 하루'와 같은 것이 될 수 있음은 이 때문이다. 시인의 가슴속에서 언제나 꿈틀거리는 그리움의 동력은 생 의지의 확인이며 존재의 증거인 셈이다. 시인이 저 먼 별에서 자신에게 찾아온 생을 "귀빈"이라고 하면서 "붉은 옷 한 벌 헤지면 떠나갈 꽃들처럼/그렇게는 내게 온 생을 떠나보낼 수 없다"고 하는 구절에 이르러 인생에 대한 강렬한 애정과 우주적 신념이 구체화한다. 누구나 지는 꽃처럼 쉽게 자신의 인생을 마무리할 수는 없다. 나의 생, 너의 생이 겹쳐진 우리의 생은 나만의 것이 아니라 우리의 것이다. 나의 생이 너의 생이 되고, 나아가 우리의 생이 될 때 생은 소중함으로 가득 차게 되고 모든 생은 향기롭고 아름답게 익어갈 것이다. 이러할 때 "너"라는 존재의 가치는 무한 증대된다. 이토록 절실한 2인칭 "너"에 대한 갈망은 이번 시집의 중요한 메시지이자 본질이다. 3인칭보다 2인칭은 관계성에 대한 열망이 더욱 강렬하다. 이런 맥락에서 '너'는 "어떤 이름"(「어떤 이름」)의 주인공이 될 것이다.

이기철 시인은 생활과 예술과 학문이 일체화된 모습을 보이면서 정갈한 삶의 철학을 실천한 문사(文士)이다. 이번 시집은 혼탁해진 한국시단의 사표(師表)로서의 역할을 담당했던 이기철 시인의 정신세계를 형상화한 작품들로 충만하다. 시와 시인의 일체화란 바로 이런 것이리라. 이기철 시인이 시인, 교육자, 학자로서의 일체화된 모습으로 성실하고 모범적인 삶을 살 수 있었던 것은 시와 인간과 학문에 대한 올곧은 믿음과 헌신적인 사랑이 있었기 때문이리라. 그가 위 세 영역의 삶 중 어느 한 부분에 기울어지지 않은 채 고른 업적을 지녔다는 것은 공인된 사실이다. 이러한 맥락에서 이번 시집의 여러 곳에 등장하는 어휘인 '사랑'과 '눈물'의 진정한 의미를 되새겨보아야 하겠다. "사랑이 모자라 우는 것 사랑이 너무 많아 우는 것"(「저문다는 것」)의 그 각각의 울음이 하나의 향기가 됨을 깨닫고, 나아가 "모든 울음을 다 이해하는"(「울음의 영혼」) 작별을 소중히 바라보는 자세야말로 이기철 시인이 지향한 인생철학의 좌표가 아니겠는가? "물의 불, 마음의 정수(精髓), 몸의 불꽃"(「정(情)과 서(緖)-눈물의 보석」)을 모아 세상의 이름들을 향해가는 구도자적 삶에서 기인한 그의 문학세계는 "우리가 남용해 누더기가 된 '사랑'이라는 말을 숨씨앗, 맑별, 잎단물, 속잠결, 눈잠 등으로 바꾸는 일"(「시인의 말」)이 주는 지고지순한 의미를 통해 수많은 독자의 심금을 울릴 것이다.

화해로운 지구 공동체를 향한 성찰과 전망

— 하종오 시집 『제국(諸國 또는 帝國)』론

하종오는 1980년대를 대표하는 민중시인이다. 1980년대에 민중시를 발표했던 시인들 중에는 새로운 시대 변화의 물살을 견디지 못한 채 문인으로서의 그 자취를 감춰버린 경우도 있었고, 새로운 돌파구를 찾아서 전통 서정시 혹은 선시(禪詩) 등으로 그 문학적 변모를 시도한 경우도 있었다. 1990년대에 들어서면서 민중시의 대상이었던 현실의 리얼리티가 투쟁과 대립의 80년대의 그것만큼 구체적이지는 않았던 것은 사실이지만, 1980년대의 리얼리즘 시인들의 문학적 강렬함이 하강하는 속도는 세월의 변화보다 조금 더 빨랐던 것 같다. 이는 일차적으로는 그만큼 리얼리즘 문학이 지향했던 현실의 문제가 약화되거나 희석되었기 때문일 것이나 새로운 현실을 새로운 방법론으로 파고들어가 보려는 시인 자신의 노력이 부족했던 것에도 원인이 있었던 것은 아니었을까?

이런 맥락으로 보아 하종오 시인이 『국경 없는 공장』『아시아계 한국인들』『베드타운』『입국자들』 등에서 보여준 리얼리즘의 새로운 확장은 질과 양 면에서 동시에 다른 민중시인들의 변모에서는 쉽게 볼 수 없었던 매우 소중하고 의미 있는 작업이라고 할 수 있을 것이며, 최근에 간행한 새 시집『제국(諸國 또는 帝國)』(문학동네, 2011) 역시 그 지난한 노력의 연장선에 놓이는 작품집이라고 할 수 있다. 국제화 세계화 다문화의 시대를 둘러싸고 있는 갖가지 현실 상황과 문제에 대해서 이만큼 다양하고 심도 있게 형상화를 할 수 있었던 것은 그가 지닌 투철한 작가의식 혹은 장인정신에서 기인하였을 것이다. 이번 시집을 계기로 하여 그는 국제화 세계화 다문화의 한국 사회가 직면한 현실을 가장 구체적으로 풀어낸 시인이라는 평가를 더욱 확고히 하게 될 것이다.

하종오의 다문화 시편들은 객관적인 시선을 견지하면서도 그 속을 자세히 들여다보면 대체로 비극적인 시의식을 담고 있었다. 그의 시가 비극적인 것은 당연히 그 시의 배경이 되고 소재가 되는 현실의 참담함 때문이다. 현실이 비극적일 때 그것을 형상화하는 문학이 지향할 수 있는 긍정의 가능성은 언제나 제한적일 수밖에 없기 때문이다. 결국 그는 작가적 절망으로 현실이 주는 비극적 리얼리티에 정면으로 대응했던 셈이다. 이런 맥락에서 하종오 시가 지닌 비극성에 관하여 비판적 이의를 제기할 필요는 전혀 없을 것이다. 다만 그 비극의 진지성, 진실성, 핍진성, 구체성에 대하여 생각해 보는 작업이 필요할 것이며 이러한 비극성을 극복할 수 있는 사회적, 정치적, 문화적 대응에 대한 성찰이 중요할 것이다.

> 베트남 전 참전했던 사나이는
> 파병 기간 동안 베트남인들을 상대로
> 전투하고 받은 봉급을 모아뒀다가
> 전역 후 신발공장에 취직하여 번
> 봉급을 더 보태어 신발장사 하였다

밤낮없이 일하여 돈을 불린 사나이는
베트남이 개방되자마자
가장 먼저 진출하여 신발공장을 세우고
인건비가 싼 베트남인들을 고용하였다

베트남 전 참전했던 사나이가
베트남에 신발공장을 세웠지만
사업이 잘되어 봉급을 많이 주자
베트남인들이 가장 들어가고 싶은 회사가 되었고
사나이는 베트남전에 참전했던 전력을 숨기지 않았다

베트남에서 만든 신발들을
사나이가 한국으로 가져가든 말든
베트남인들은 봉급을 받기 위해 말없이 말없이 일했다

—「제국(諸國 또는 帝國)의 공장—봉급」 전문

　이 시에는 약삭빠른 처세술로 부를 축적하여 세속적으로 성공한 삶을 살아가는 어느 "사나이"의 일대기적 삶이 나타나 있다. 이 사나이는 돈을 벌 목적으로 제국주의의 용병이 되어 베트남전에 참전했고 그때 번 돈과 다른 돈들을 합하여 밤낮 없는 노동으로 재산을 불려갔다. 그가 다시 베트남으로 건너가서 신발공장을 세운 것 역시 오로지 돈 때문이었다. 그는 돈을 벌기 위해서 과거에는 베트남 사람들을 죽였지만 지금은 베트남 사람들을 공장 노동자로 고용하였다. 그의 삶이 지닌 이력 속에는 제국주의에 얽힌 피비린내 나는 역사가 소통돌이 치고 있었지만 그런 역사 따위에 그는 아무런 관심을 기울이지 않았을 것이다. 그는 모든 역사와 비극을 망각한 채 자본이 주는 즐거움에 매료되어 있을 뿐이다. 이러한 망각

현상이 베트남 국민들의 뇌리 속에서도 동시에 일어났다는 점은 더욱 서글픈 일이다. 대부분의 베트남 국민들 역시 사업에 성공한 사나이가 주는 다소 넉넉한 봉급에 취하여 아무런 역사의식을 드러내지 않는다. 그가 "베트남전에 참전했던 전력을 숨기지 않"는 이유가 이런 데에 있을 것이다. 이 시는 인간의 삶에 대한 시대사적 인식을 냉소적으로 보여준다. 이 시에 나타난 서사와 유사한 내용은 이번 시집 전반에 걸쳐 다양하게 나타난다.

다가구주택에 둘러싸인 집에 살면서
냄새가 풍겨오면 나는 코를 벌름거린다
앞집에서 들깨를 볶는가 싶으면
뒷집에서 나물을 볶는 것 같고
오른쪽 집에서 밥을 볶는가 싶으면
왼쪽 집에서 돼지고기를 볶는 것 같다
집집마다 층층마다 새어나온 다른 냄새가
우리 집에 모여서 한 상을 차린다
끼니때만 다가오면 이웃들이
제일 먼저 나에게 밥상을 올리다니
독상으로 받으려니 가짓수가 많고
겸상으로 받으려니 양이 적지만
귀신이 제사상을 받은 것처럼
나는 흠, 흠, 입맛을 다신다
텔레비전은 하필이면 이 시간대에
아프리카에서 굶는 아이들을 방송하고,
내가 창문을 열어젖히니
바람이 들어와 밥상을 들고 나가
공중에 확 쏟아버린다

한국에서는 이른 저녁을 맞는 날
아프리카에서는 허기진 낮을 보내는 날
나는 하늘만 올려다본다

　　　　　　　　　　　　—「지구의 식사—밥상」 전문

　이번 시집의 2부에 실린 작품의 제목에는 "지구의"라는 어휘가 공통적으로 들어가 있다. 「지구의 걸음걸이」「지구의 회임」「지구의 해산바라지」 등 2부에 수록된 16편의 작품들은 모두 다 지구라는 공통의 소재를 통하여 인류 전체 혹은 지구 전체에 얽힌 사건과 사고 혹은 일상적 삶을 형상화하고 있다. 위에 인용한 「지구의 식사—밥상」은 다가구주택에 둘러싸인 곳에서 살고 있는 화자의 체험을 다소 유머러스하게 형상화하고 있는 작품이다. 화자의 이웃집 빌라에서 나오는 음식 냄새는 또 다른 이웃집 빌라에서 나오는 음식 냄새와 연기적(緣起的)으로 이어져 있다. 앞집에서 볶는 들깨 냄새는 뒷집에서 볶는 나물 냄새로 이어지고, 오른쪽 집에서 볶는 밥 냄새는 왼쪽 집에서 볶는 돼지고기 냄새로 이어진다. 이 얼마나 정다운 냄새의 향연(饗宴)인가! 화자는 "집집마다 층층마다 새어나온 다른 냄새"가 차린 한 상 앞에서 마냥 행복해 하지만 그 행복함은 또 다른 상상에 의해서 오래 가지 못한 채 제지당한다. 그 상상은 다름 아닌 "아프리카에서 굶는 아이들"에 관한 방송으로 인하여 촉발된다. 그 아이들을 생각하면서 열어젖힌 창문 밖 공중으로 마음의 밥상은 쏟아져 버리고 마는 것이다.

　"아프리카에서는 허기진 낮을 보내는 날"을 상상하는 연민의 정으로 인하여 화자는 "하늘만 올려다"보는 허망함에 젖어든다. 세계의 가난하고 배고픈 시민들을 향한 화자의 시선에서 세계인을 향한 편견 없는 사랑을 확인할 수 있다. 수많은 나라의 국민이 국경을 자유롭게 넘나드는 지구촌 시대에 서로 투쟁하는 추악한 제국(帝國)을 지양하고 서로 화해하는 아름다운 제국(諸國)을 만들기 위해서 가장 시급하게 필요한 것은 바로 타자에 대한 관심과 애정일 것이다.

　　공장 오가다 만난 한국인들이
　　어느 나라 사람이냐고 물으면
　　그레고리 씨는 어눌한 한국말로
　　미국인이라고 거짓말한다.
　　그를 미국에서 온 흑인으로 믿고
　　한국인들이 영어를 가르쳐달라고 하면
　　그는 아무 말 하지 않고 웃는다.

　　그가 정직하게 국적을 대면
　　한국인들은 말상대 하지 않으려 했다
　　한국인들은 아프리카에서 온 흑인을
　　밀림의 맹수쯤으로 여겨 피하거나
　　노예의 후손쯤으로 여겨 무시한다는 걸
　　그는 공장에서 일하며 알아차렸다

　　영어를 공용어로 쓰는 나이지리아에서
　　영어교사 출신 그레고리 씨는
　　아무리 영어를 잘했어도
　　인생이 달라지지 않았다
　　이제 한국에서 돈을 벌어 귀국하면
　　그는 다시 학교에 나가

아이들을 가르치겠지만
자기와는 대화도 하지 않으려 하면서
미국 흑인에게 영어를 배우려드는
한국인들이 정말로 마음에 들지 않는다

— 「공용어」 전문

한국 사회에서 다양하게 존재하는 외국인에 대한 한국인의 편견은 쉽게 개선되지 않고 있다. 한국에서 가장 편하고 자유롭게 살고 있는 외국인은 학력에 상관없이 금발의 미국인 백인 남성이라는 근간의 보도에서도 알 수 있듯이 한국인들의 미국인 선망은 대단한 것 같다. 그 반면에 동남아 사람들이나 흑인에 대한 편견은 여전하다. 유색인의 국적이 미국이라면 그들이 다소간 면죄부를 받기도 하는 이상한 일이 일어나기도 한다. 위 시에 나오는 주인공 그레고리 씨는 "미국에서 온 흑인"이 아니라 나이지리아에서 온 영어교사 출신 흑인이다. 그는 영어교사라는 경력에서 알 수 있듯이 유창한 영어 실력을 가졌음에도 불구하고 한국에서는 공장 노동자로밖에 살아갈 수 없었다. 만약 그가 "미국에서 온 흑인"이라면 그에 대한 한국인의 대우는 사뭇 달라져서 설령 그 영어실력이 수준급이 아니더라도 그는 지금보다 훨씬 더 편하고 급여가 나은 직장에서 일할 수 있었을 것이다.

그레고리 씨의 삶이 공장 노동자로 전락한 것에는 한국인의 편견과 한국 사회의 야만성이 한 원인으로 작용하였다. 정규 대학조차 나오지 않은 백색 피부를 지닌 금발의 미국인은 무자격자임에도 불구하고 대도시의 각종 외국어 학원에서 영어를 가르치고 있는 일이 일어나고 있는데 그레고리 씨는 제대로 된 대학을 졸업한 영어교사 출신임에도 불구하고 한국의 영어 강사 자리를 얻지 못하였다. 본인의 영어 실력이라는 본질적 요소를 등한시하고 국적이나 피부색이라는 비본질적 요소가 더 중요시되는 한국 사회의 모순은 매우 부끄러운 일이다. 이러한 전도된 현실은 한국 사회를 다양성이 공존하는 제국(諸國)으로 성장하지 못하게 하는 동인으로 작용할 수밖에 없다.

하종오의 다문화시편은 10년 가까이 지속되면서 여러 평자들로부터 애정 어린 관심을 받아왔다. 그가 지향한 다문화시편이 지닌 특색 중 하나는 최대한 감정을 절제하고 서사적인 문체를 통하여 상황을 객관적으로 형상화하여 보여준다는 데 있다. 서정적 자아인 시인이 '나'라는 화자로 등장하든 등장하지 않든 간에 그의 시는 언제나 담담하게 전개된다. 그의 시가 짤막한 엽편 소설 같은 느낌을 주는 것도 이 때문이다. 그가 수 백 편의 다문화시편, 여러 권의 다문화시집을 낼 수 있었던 저력 역시 이러한 창작 전략에서 기인했을 것이다. 그가 소설과 드라마 같은 서사적 양식이 아니라 시라는 서정적 양식을 통해서 서사적 양식들이 형상화했던 것 이상으로 다문화적 세계를 구체적으로 보여주었다는 사실에 이견이 없을 것이다.

결핍의 꽃과 처연한 바람
— 김신용의 「적」과 임윤의 「새떼에 휩쓸리다」

천양희는 「시인은 시적으로 지상에 산다」라는 시에서 시인의 삶이 여느 생활인의 삶과 구별되는 점을 말한 적이 있다. 김신용의 「적(跡)」을 읽다가 문득 천양희가 쓴 "제 숟가락으로 제 생을 파먹으면서/발빠른 세상에서 게으름과 느림을 찬양하면서/냉정한 시에게 순정을 바치면서 운명을 걸면서"라는 구절이 생각나는 것은, 「적」역시 사르트르식으로 말한다면 시인의 운명과 선택에 관한 이야기였기 때문이다. 「적」은 이러한 운명과 선택의 문제를 자신이 지나온 삶의 자취를 따라가듯 솔직하게 밝히고 있는 시이다.

'적(跡)'은 스스로가 밟아온 길이다. 즉 이것은 존재의 자취이며 흔적이다. 인생의 어느 전환점을 맞이하였을 때, 인간은 비로소 자신의 자취를 회고할 수 있을 것이다. 김신용은 『개같은 날들의 기록』같은 시집에서 이미 고난에 찬 삶의 내력을 시로 풀어낼 만큼 풀어낸 시인이 아니었던가. 그러나 다행히도 그가 얼마 전 펴낸 세 번째 시집 『몽유 속을 걷다』에서는 고달픈 삶의 이력이 더욱 깊어진 형이상학적 사유 속에서 거듭나고 있어 이전 시집보다 더 흥미롭고 감동적이었다. 「적」 역시 세 번째 시집의 연장 선상에 놓이는 작품이다.

화자와 시인의 일치를 전제한다면, 「적」은 시인의 풍찬노숙(風餐露宿)을 고스란히 드러내 보이면서, 그 황폐한 삶을 견디어 내는 의지를 품고 있는 작품이다. 시인은 자신이 거처한 방의 벽에 핀 "푸르스름한 곰팡이"를 "모피외투" 같다고 말한다. 그는 곰팡으로 지은 옷을 뒤집어쓰고 "사랑이라는 이름으로 세상에 내밀었던 내 결핍"을 견디며 살아왔다. 그러나 그것조차 "허식의 장식"에 불과하다는 사실을 알았을 때 그는 자신의 삶을 더욱 부패시키고 싶었을는지 모르겠다.

벽에 푸르스름한 곰팡이가 피었다
음습하고 그늘진 공간의 〈모피외투〉 같다
일생을 위해 내가 입었던 허식의 장식,
사랑이라는 이름으로 세상에 내밀었던 내 결핍
오늘도 숲 속의 푸른 지의류처럼 돋아나, 나를 덮고 있다
생을 썩이지 않으면 삶이 돋아나지 않았던
그 습기 차고 축축하던 나날들-, 눈에 보이지도 만져지지도 않는
갈증의 미세한 포자를 퍼트려, 먼지처럼, 공기에 섞여
공기처럼 흘러다니다가, 방부제인 햇살 한 올
스며들지 않는 공간을 만나면, 왕성하게 집을 짓는-
숙주를 부패시킴으로써 번식하는, 그 부패가 뿌리이며 꽃인
내 기생(寄生)-, 제 시체 속에 제 자신의 뿌리를 묻는
그 부패의 궤적으로 살아 있다
의식의 벽지, 내장재(內藏材)인 침묵까지도 파먹고 있는
밀렵의 올무 같은,

시간의 마멸성을 닮은―,

― 김신용 「적(跡)」 전문

　숙주는 다름 아닌 자기 자신이었다. 그는 "제 시체 속에 제 자신의 뿌리를 묻는 그 부패의 궤적으로 살"았다고 말한다. 자신을 끊임없이 썩게 하는 일, 부패한 자신의 몸에서 흘러내리는 진물로 지상에 묻힌 씨앗을 싹트게 하는 일이야말로 시인이라는 운명적 삶의 형식일 것이다. 서정주가 「자화상」에서 "찬란히 티워오는 어느 아침에도/이마우에 언친 시의 이슬에는/몇 방울의 피가 언제나 섞여 있어"라고 한 것이나 보들레르가 「축복」에서 "저는 압니다, 괴로움이야말로 이승도 지옥도/결코 물어뜯지 못할 단 하나 고귀한 것임을"이라고 한 것 역시 시인으로서의 운명에 대한 수용을 뜻하므로 "생을 썩이지 않으면 삶이 돋아나지 않았던" 김신용의 잠언과도 통하는 바 있겠다.

　시인이 희망하는 것은 방부제인 햇살이 풍부하게 내리 쬐는, 그리하여 작은 곰팡이 하나라도 자라지 못하는 깨끗하고 안락한 공간이 아니다. 오히려 그는 이와는 정반대의 공간을 향하여 가며 그 속에 온몸을 내던지며 살아왔다. 그는 이미 "나의 생(生)은 여관이었다/나는 수많은 여관을 거쳐 이 길 위에 서 있다"(「구름장(莊) 여관」 부분)라고 노래하였다. 자신이 머물러야 할 마지막 장소가 여관이라고 말하는 자가 온전한 집 한 채를 소유하였을 리는 만무하다. 그러나 바꾸어 말한다면, 거쳐 온 삼라만상의 누추한 공간이 그에게는 집이며 여관이었을 것이다. 그 곳이 "푸르스름한 곰팡이"를 가진 "음습한 그늘진 공간"에 불과할지라도 그 공간이 지닌 궁극적 의미는 거기 거처하는 자의 가슴속에 있을 뿐이다. 이 시에서 시인의 반성적 사유를 짐작할 수 있는 이유가 여기에 있다.

김신용의 실제 삶에 대해서는 별로 아는 바가 없지만, 작품에 나타나는 진정성으로 미루어 보아서, 아마 그는 스스로 비습오니(卑濕汚泥)의 삶을 선택하였을 것이며 그의 삶은 참으로 비습오니의 삶이었을 것이다. 그러나 그의 작품은 비습오니에 물들지 않는 연꽃과도 같은 순연한 의지를 보인다. 결핍과 좌절이 시를 생성하게 하는 원동력이 된다는 점을 알아차린 시인은 오히려 안식의 집을 버리고 유랑하는 여관의 삶을 희구하였을 것이다. 이것이 바로 그의 기생(寄生)이 기생(畸生)으로만 끝나지 않을 이유가 된다.

제 시체 속에서 꿈틀거리는 삶의 뿌리를 읽어내는 시인에게 어찌 완전한 절망만이 존재할 뿐이겠는가. 그는 언젠가 부재의 현실에서 존재의 미래를 바라보리라. 최소한 그에게는 결핍을 먹고사는, 부재의 꽃을 피우는 시라는 희망이 있다. 그리고 그 꽃은 생을 썩여야만 피어날 수 있는 역설적인 존재이기도 하기에, 시의 뿌리와 꽃이야말로 지상에서 가장 습하고 어두운 곳에 사는 시인의 존재를 고귀하게 하는, 그리고 그 존재의 확충을 가능케 하는 매개가 될 것이다. 부재로 존재를 현현시킬 때 그 존재됨은 더욱 가치 있는 것이 되기 때문이다.

김신용의 「적」에 나타난 유랑의 상상력은 임윤의 「새떼에 휩쓸리다」에 나타난 공기적 상상력과 일맥상통한다. 바슐라르는 '공기적인 상상력'을 통하여 중력의 구애를 받지 않은 채 하늘의 새처럼 자유롭게 살 수 있는 존재를 꿈꾸었으나, 이와는 달리 신예시인 임윤이 바라보는 새의 모습은 우리 생의 무상과 허무, 그리고 고통을 상징적으로 환기시켜 준다. 낯선 이미지들을 오고가는 시인의 자유분방한 상상력이 깃든 「새떼에 휩쓸리

다」는 방황하는 새들의 군무가 이루어 놓은 쓰라린 슬픔을 실감나게 형상
화하는 데 성공하고 있다.

날아오르려는 듯 내려가며 모이려는 듯 흩어지는 새떼들을 보면서 시
인은 영원히 떠돌아다녀야 하는 인간 존재의 본질마저 확인했을 것이다.
도시적 유목 행위가 이루어지는 오늘날에 이르러서는 '자연에서 와서 자
연으로 돌아가는 것'이 인간 삶의 보편적 질서가 되지 못한다는 점을 간
파한 시인은 새떼들의 생태에서 온갖 인간 군상의 모습을 읽어내고 있는
것은 아닐까! 요컨대 임윤 시인에게 새란 자유의 상징이 아니라 고난의
상징이 되었던 것이다.

> 다들 파닥거리던 말문이 얼어붙어 꽁꽁 언 배꼽을 찾아 더듬거렸다
> 해오라기가 무딘 부리로 날갯죽지를 골랐다 바람을 가르며 날아간 한
> 무리 뱁새들이 들판의 퀭한 얼굴에 점으로 박혔다 남쪽으로 사라진 울
> 음소리가 이명으로 들렸다 누군가 혹독한 바람을 물어다 놓았지만 털
> 갈이는 아직 끝나지 않았다
>
> — 임윤 「새떼에 휩쓸리다」 1연

이 시를 지배하는 매우 중요한 이미지 하나는 바람이다. 바람의 이미지
는 1연에서 집중적으로 등장한다. 한 무리의 뱁새들이 "바람을 가르며"
날아가고, 누군가 "혹독한 바람"을 물어다가 놓는다. 바야흐로 세상은 다
양한 바람의 천지가 되었다. 바람으로 인하여 새들이 하늘로 날고, 바람
으로 인하여 새들이 땅으로 내려온다. 바람 앞에 서성이고 있을 해오라기
의 무딘 부리가 닿는 날갯죽지에 깃들어 있는 체온을 시인은 처연하게 직
감했을 것이다. 털갈이가 끝나지 않는 생이야말로 시인이 껴안아야 할 모

든 존재자의 운명이었던 셈이다.

코스모스에서 갈림길이 하늘거렸다 늙은 수탉은 마름모꼴 가장자리
를 다급히 맴돌았다 발자국 위에 덧찍힌 족적이 여러 갈래로 찢어졌다
가슴팍에선 가는 쇳소리만 새나왔다 편대를 이룬 철새 행렬이 지나간
뒤 물병자리에 구겨 넣으려 목을 힘껏 뺐다 마지막 울음 삼켰던 기억
이 지워졌다 쉬-쉿 바람 빠지는 소리만 났다

— 임윤 「새떼에 휩쓸리다」 2연

2연에서도 바람의 이미지는 지속된다. 1연에서 비교적 선명하게 등장
했던 주체가 2연에 와서는 혼란스러워진다. '코스모스', '늙은 수탉', '철새
행렬'로 이어지는 이미지 배열에 나타나는 시간(계절) 이미지를 통하여
시인은 삶의 무상함을 더욱 부각시켜 놓는다. 기억 속에서 희미해져만 가
는 "마지막 울음" 소리를 다시는 내지 못하는 주체들은 "가는 쇳소리"와
"쉬-쉬 바람 빠지는 소리"에 기대어 생의 쇠락을 인내해야 할 것이다. 이
러한 허무주의적 세계관은 이 시의 마지막 연인 3연에서도 나타난다.

동물원에서 두루미 알을 부화시켰다 야생의 동족을 바라보며 우스
꽝스런 날갯짓만 파닥거렸다 박명을 헤치며 겅중겅중 뛰어다닐 뿐이
었다 달려오던 트럭에 처음으로 몇 미터 솟구쳤다 난생의 기억은 껍
질만 남겼다 언제부턴가 시간마저 부화하는 그들을 아웃사이더라 불
렀다

— 임윤 「새떼에 휩쓸리다」 3연

1연과 2연에 들판과 허공을 누비는 야생의 새떼들이 등장하는 것에 비

해, 3연에는 동물원에서 부화하는 "두루미 알"이 등장한다. 주로 풀밭에서 서식하는 두루미는 겨울 철새이기 때문에 우리나라에서 겨울을 보낸 후에 시베리아로 날아가 번식기를 맞는다. 그러므로 동물원에서 번식하는 두루미는 이미 철새로서의 의미를 상실하였다. 그들은 "우스꽝스런 날갯짓"으로 껍질만 남은 "난생의 기억"을 희미하게 지녔을 뿐이다. 이들은 억지로 한곳에 머물러야 하는 '철새 아닌 철새' 즉 '아웃사이더 철새'이다.

'아웃사이더 철새'이든 '아웃사이더가 아닌 철새'이든 간에, 모든 철새에 대한 시인의 관심은 정주할 곳도 없이 뜨내기처럼 살아가야 하는 '아웃사이더 인간'에 대한 연민과 통하는 것은 아닐까. 이토록 인정 메마른 삭막한 시대에 아웃사이더 인간 군상들 역시 '달려오는 트럭' 앞에서 "처음으로 몇 미터 솟구"쳐야 하는 속수무책의 신세가 되지 않을 수 없겠다. 임윤 시인이 시작 노트에서 "나는 과연 어느 가시덤불을 헤매고 있는 새인지 스스로 질문을 던져볼 시간이다."라고 말한 이유를 이제야 알 것 같다.

뿌리와 날개의 상상력

— 박무웅 시집 『내 마음의 UFO』론

　박무웅은 개성 있는 작품을 꾸준히 발표하고 있는 역량을 갖춘 현역시
인이다. 문학과는 상관없는 실무경영 분야에서 뚜렷한 족적을 남겨 놓
은 바 있는 박무웅에게 시인으로서의 새 삶은 오랫동안 숨겨놓고 살았
던 생래적 기질을 마음껏 펼쳐놓을 수 있는 길을 만들어주게 된 것이다.
1995년 지천명이 지난 나이에 비로소 늦깎이 시인으로 등단한 문학 이
력은 다소 아쉬운 점이기도 하지만 그는 남다른 경험과 사유의 궤적을
바탕으로 하여 아낌없이 그리고 숨김없이 수많은 수작(秀作)을 만들어
발표하고 있다. 그의 작품들이 여러 동료 문인이나 평론가들로부터 연
이은 격려와 찬사를 받아온 것 또한 사실이다.
　박 시인은 예술경영에도 탁월한 안목과 실력을 발휘하여 두루 알려진
바 있는 제부도바다시인학교 등 여러 문학관련 행사를 정기적으로 성황
리 개최하는 데에 큰 이바지를 하고 있다. 오늘날의 문화예술이 자본주의
적 메커니즘에 예속되어 있다고 하더라고 예술경영의 근간에는 공공성이
있어야 함을 잘 알고 있는 그는 사업의 공익성을 위해서는 희생과 봉사가

절실히 필요함을 깨닫고 다양한 문화 사업에 자신의 사재를 꾸준히 기부하여 선진국에 비해 이러한 전통이 다소 부족했던 우리 사회의 귀감이 되고 있다.

극기 속에 얻어진 빛나는 성취를 기반으로 하여 봉사와 사랑의 소중한 시간을 보내면서 투철한 장인정신이 깃든 공들인 작품을 연이어 빚어내고 있는 박 시인은 2000년 첫 시집 『소나무는 바위 속에 뿌리를 묻는다』(심상, 2002)를 간행한 바 있으니 이번에 새롭게 간행한 시집 『내 마음의 UFO』(한국문연, 2009)는 그의 두 번째 시집이 되는 셈이다. 이번 시집 역시 첫 시집과 마찬가지로 시인 자신의 구체적인 경험과 밀접히 관련된 작품들을 다수 싣고 있다. 43편의 작품들 속에 나타나는 가난한 유년 체험, 투철한 호연지기 어린 도전 정신, 사물에 대한 투시적 관찰, 경이로운 자연 현상에 서정적 인식 등에 깃든 깨달음은 독자들의 심금을 울리고도 남음이 있다.

생래적인 시심(詩心)을 타고난 그는 서정적 감성에만 기대지 않은 채 이미지와 상징, 알레고리 등 현대시적 요소에 많은 관심을 기울여 작품의 완성도를 높여주고 있으니 더욱 미더운 일이 아닐 수 없다. 이근배가 '표사글'에서 언급한 "명징한 이미지로 누구도 깨닫지 못한 생각을 형상화시키는 힘을 가지고 있다"는 구절에서도 이 사실을 확인할 수 있는 이번 시집을 꿰뚫는 두 가지 이미지는 '뿌리'와 '날개'이다. 이 두 이미지는 상징으로 거듭나서 뚜렷한 주제의식을 형성시키고 있음을 여러 시편들을 통하여 확인할 수 있었다.

    설악산 울산바위를 오르다가

너럭바위를 뚫고 솟은
소나무 한 그루를 본다

바위 밑에 떨어진 솔씨가
여리디 여린 몸으로 바위를 뚫고 올라와
동해 파도의 갈기를 혼자 거두고 있다

내 삶의 마디
창호지 한 장이라도 뚫어본 적 있었던가
길을 가로막는 산을 만나면
돌아 돌아서 오지는 않았던가

추사는
눈보라 속에서도 잎 지지 않는 소나무를
세한도로 그렸지만
나는
저 바위 속에 깊이 묻고 있는
뿌리를 그리고 싶다

— 「뿌리를 그리고 싶다」 전문

설악산 울산바위 근처에 있는 소나무와 마주한 시인은 그 뿌리를 화폭
에 담고 싶다는 느닷없는 상상력을 발휘하게 된다. 뿌리야말로 어휘의 뜻
그대로 생물의 근간임을 잘 알고 있었던 동시에 소나무 뿌리처럼 질기고
튼실한 삶을 살아올 수 있었던 자신이기에, 시인은 이와 같은 생각을 숨
김없이 드러낼 수 있었다. 이 시가 더 큰 진정성을 획득할 수 있었던 것은
"내 삶의 마디/창호지 한 장이라도 뚫어본 적 있었던가", "길을 가로막는

산을 만나면/돌아 돌아서 오지는 않았던가"라는 두 물음에 나타난 반성의 시정신이 있었기 때문이다. 사물에 대한 투시와 자기 자신에 대한 성찰을 동시에 보여주는 이 시는 그의 첫 번째 시집 『소나무는 바위에 뿌리를 박는다』와 이번 두 번째 시집의 교량적 역할을 하고 있다. 또한 이 뿌리의 이미지는 박무웅의 시세계에서 하나의 상징으로 발전하여 여러 시편들에서 반복적으로 나타나고 있는데 특히 유년의 체험과 밀접히 관련되는 인삼(뿌리)의 이미지를 아우르고 있는 점에 주목해야 한다.

작은 인삼밭 한 뙈기가 오직
삶의 터전이었고
어머니의 희망이었다

어린 날
고비 고비 잘도 넘겨주었던
수삼 몇 뿌리

깊은 이 밤
생전에 환한 얼굴 없으셨던 어머니
내게 다녀가시더니
내 가슴에 섬광 같았던 그 순간
나보다 더 큰 인삼 한 뿌리를 캐는 꿈을 꾸었다

내 온몸의 마지막 힘까지 다해 뽑아 올리다가
용을 쓰다가 그만
낭떠러지로

앗!

온몸에 땀이 흠뻑 젖었다

—「꿈」전문

인삼은 열매나 잎보다는 그 뿌리가 훨씬 많은 효용성과 효험을 지닌 약초이다. 박무웅의 고향이 인삼의 명산지인 충남 금산이라는 점을 보더라도 그의 삶이 이 인삼과 얼마나 많은 상관성을 지닐 것인가를 미루어 짐작할 수 있다. 이 시에서도 확인되듯이 시인에게 인삼은 "삶의 터전"이요 "어머니의 희망"이었다. 시인의 어머니는 이 인삼 농사를 통하여 생계를 이어나갔고 자식들을 교육시켰을 것이다. 이미 그 어머니는 돌아가신 지 오래 되었을 터이지만 시인의 꿈에 나타난 어머니는 이 인삼의 상징을 아들에게 다시금 깨우쳐 주는 일을 잊지 않는다. 꿈속에서 만난 "나보다 더 큰 인삼 한 뿌리"는 시인과 어머니를 포함하여 그의 가족 모두의 정신적 자세와 물질적 생계의 뿌리가 되어줄 꿋꿋한 상징이었다. 이 거룩한 상징 체계의 현현 앞에서 경이로움을 감추지 못하는 시인은 온몸으로 땀을 흐릴 수밖에 없었을 것이다. 소나무 뿌리, 인삼 뿌리 등으로 펼쳐져 있는 뿌리의 상상력은 비상과 날개의 이미지와 만나면서 새로운 상징체계로 거듭나게 된다. 이 중간 과정에 존재하는 것이 "연리지"의 이미지이다.

연리지를 꿈꾸며
얼마나 먼 길을 날개를 저어 왔는가
한 점 돌을 놓고 다지고 다져왔는가
마음은 또 얼마나 비워 왔는가

인생은 탑 하나 쌓는 일이다

서로 어쩔 수 없는 다른 것들
잔돌 괴는 일이 중요하다는 걸 저리도록 느끼며
사이 사이를 메워가는 것이다

세상은
비에 젖으며 바람에 흔들리며
완벽에 무한히 접근하면서
견고한 탑을 쌓는 일이다
사랑도 삶도……

그 탑에서
배도 열리고 사과도 열려야 한다
그런 한 그루의 나무를 심는
지금 이 시간이 우리의 가장 푸른 시작이다

우리가 초록에서 길어낸 소리여
늘 연리지처럼 푸르러라

— 「연리지」 전문

이 시는 잠언적 진술을 특징으로 하고 있다. 잠언이란 세상살이의 교훈이나 도덕이기 때문에 어쩌면 '낯설게 하기'를 통한 모호성·애매성을 추구하는 현대시에는 잘 어울리지 않을 수도 있다. 그러나 모던하고 난해한 상상력보다는 삶과 문학의 일체화를 끊임없이 추구해온 박무웅은 이러한 잠언적 진술을 어색함 없는 적재적소에 등장시키고 있다. 어쩌면 그는 문학적 글쓰기를 통하여 진실한 삶을 형상화해야 한다는 점을 문학적 신념으로 삼고 있을 것이라는 추측도 하게 된다. "인생은 탑 하나 쌓는 일이다/서로 어쩔 수 없는 다른 것들/잔돌 괴는 일이 중요하다는 걸 저리도록 느끼며/사이 사이를 메워가는 것이다"에서 뚜렷이 드러나는 교훈과 도덕은 핍진한 삶의 경험에서 얻은 소중한 덕목을 바탕으로 하였다. 이 시의 소재인 "연리지"는 뿌리가 서로 다른 두 나무의 가지가 함께 겹쳐져서 마침내 숨결이 통하는 것을 일컫는데, 이는 생명과 생명의 일체적 만남을 통한 새로운 생산성의 시작을 의미한다. "지금 이 시간" 시인이 꿈꾸고 있는 "우리의 가장 푸른 시작"과 "초록에서 길어낸 소리" 등이 이곳에서 비롯된다. 연리지의 공간성마저 초월하여 마침내 다다르게 되는 상승의 지평은 「우화등선」이라는 작품에서 구체적으로 나타난다.

왕후장상의 씨가 따로 있나
만적은
오늘도 소리 소리치고 있다

땅 속 천년 유배를 풀고 세상에 나온
매미는
오늘 봉두난발로 피 같은 울음을 쏟아낸다

지난 날 무지랭이인 나도 온몸으로 울었다
삶을 뿌리 내리기 위해
세상나무를 이빨로 물어뜯으며
삶의 나이테에
선명한 무늬를 깊이깊이 새겼다

이 여름
다시 숲으로 가고 싶다

깊은 골수에 저장한 옹이까지
다 쏟아 놓고 싶다

내 몸에 가득가득 출렁이는 울음바다에
숲속에 되돌려 주고 싶다

날개만 남아
무욕의 하늘을 떠돌아다니고 싶다
우화등선의 나를 찾고 싶다

— 「우화등선」 전문

이 시는 날개의 이미지를 바탕으로 한 비상(飛翔)의 상상력을 통하여 시
인의 소망이 이르는 궁극적 지평을 보여주고 있다. 즉 시인은 '삶의 뿌리
내리기'의 과정을 거친 다음 "우화등선의 나를 찾고 싶"었다. 하강과 상승
을 오가는 수직적 상상력의 구조를 통하여 시인은 뿌리와 날개가 역동적
으로 이어지는 이미지의 대전환을 맞이하게 된다. "왕후장상의 씨가 따로
있나"라는 비장한 어조를 통하여 인간의 평등, 생명의 평등을 토로한 시
인은 누구나 "피 같은 울음을 쏟아"내면서 "삶의 나이테"를 선명하게 새
기는 과정을 거친다면 우화의 즐거움 또한 맛볼 수 있음을 깨닫고 있다.
결국 삶의 완성 과정이 거의 다 끝나갈 때에 남게 되는 "날개"는 무욕의
삶을 멋지게 영위할 수 있는 신성한 도구가 될 것이다. 이 지점에서 시인
은 "아직도/꿈을 접지 못하고/어느 먼 하늘을 날고 있을"(「방패연」 부분)
유년의 방패연을 만나게 될 것이다.
　박무웅의 이번 새 시집은 "뿌리" → "연리지" → "날개"로 이어지는 상
상력의 구조를 실감나게 보여주었다. "뿌리"의 상징 속에는 모성성에 근

간한 유년의 풋풋한 체험과 청년의 피나는 끈질긴 노력의 경험이 깃들어 있으며, "연리지"의 상징 속에는 중장년의 아름다운 성취와 성공의 결과물이 깃들어 있으며, "날개"의 상징 속에는 인생의 새 전기(轉機)를 맞이하는 성찰과 초월의 시정신이 깃들어 있다. 뿌리에서 가지로, 가지에서 날개로 이어지는 상승적 맥락은 박무웅 시세계의 유기적 구조를 증명하는 동시에 그가 이루어 놓은 삶의 역동적인 드라마가 될 것이다. 시인은 시집의 맨 앞에 실린 "시인의 말"에서 "버리고 싶다", "비우고 싶다", "산이 되고 싶다", "무욕의 하늘을 날고 싶다"고 그 내심(內心)을 피력한 바 있는데, 앞으로 더욱 보람 있게 전개될 그의 삶이 이들 소망을 더 높게 완성하는 방향으로 상승하기를 기원하는 바이다.

본원의 섭리와 열락의 지평

— 박무웅 시집 『지상의 붕새』론

　박무웅 시인은 역동적인 삶의 이력을 보여주고 있다. 신성전자부품(주)을 설립하여 한국경제 성장에 동력을 불어넣은 기업 경영자, 경기도 문화예술 부흥에 공로를 세운 화성예술인총연합회 회장, 계간 『시와표현』을 창간하여 한국시단의 발전에 기여한 문예지 편집인이라는 다양한 경력을 지닌 그는 이 모든 분야에서 남다른 성공을 이룬 동시에 1995년 등단 이후 현역 시인으로서 수준 높은 작품을 꾸준히 발표하면서 성실히 활약하고 있다. 특히 주목할 사항은 그가 시력(詩歷)을 거듭할수록 괄목상대할 만한 문학적 성취에 도달하고 있다는 사실이다. 이번에 간행한 세 번째 시집 『지상의 붕새』(작가세계, 2014)는 이러한 시적 성취의 연장선상에 있다.

　『지상의 붕새』는 앞서 간행한 2권의 시집 『소나무는 바위 속에 뿌리를 묻는다』(심상, 2002) 『내 마음의 UFO』(한국문연, 2009)를 다시 한 번 넘어서는 개성을 지닌 밀도 높은 작품을 선보이고 있기에 문단의 새로운 주목을 이끌어내고 있다. 그동안 발표한 그의 작품들은 삶의 체험으로 상상력의 저변을 갈무리한 후 자연과 우주의 질서에 대한 성찰을 폭넓게 형상화하였다고 평가할 수 있다. 그의 시세계에 깃든 정교하고 밀도 높은 사유는 인간과 자연에 대한 뜨거운 사랑과 동서양의 고전에 대한 폭넓은 이해에서 비롯되었을 것이다.

　이번 시집은 깊이 있는 사유를 통해서 인간 삶의 본원성에 대한 탐색의 시정신을 보여주고 있는데 시인은 특히 두 가지 본원성에 대한 깨달음을 다각도로 선사하고 있다. 시인이 탐색한 본원성의 하나는 다름 아닌 자연이며 그 나머지 하나는 모성이다. 박무웅 시인의 상상력은 자연과 모성을 두 축으로 삼아 우주와 초월의 세계로 확산되거나 또는 유년과 동심의 세계로 수렴된다. 그가 형상화한 우주와 초월, 유년과 동심에는 언제나 자연과 모성의 상징이 들어 있는 셈이다.

> 나무를 통과하지 않는 계절은 없다
> 얼어붙은 계곡물들은
> 비스듬히 서 있는 나무들의 몸속에
> 얼지 않는 물씨를 맡겨놓는다
> 한겨울 얼지 않는 곳은
> 겨울나무들의 목리(木理)뿐이다
> 내게 붙어 있는 해묵은 옹이들
> 아직도 붙어 있는 바스락거리는 이름들을
> 나뭇가지에 얹힌 늦가을 바람 털어 내듯
> 스스로 흔들려 스스로 떼어 내듯
> 모두 떨구고 겨울을 맞았으면 좋겠다
> 수런거렸던 올해의 말은 다 버리고
> 돌아올 파란 말들도 생각 안 하고
> 폭설의 학기를 듣는 나무들
> 푸른 한때를 지나온 겨울 풍경들

돋는 이파리들은 순간을 보여주지 않지만
떨어지는 것들은 그 순간을 열어 보여준다
육탈로 보여주는 나무들의 말씀이다

—「육탈」 전문

이 시의 시간적 배경은 겨울이다. 시인은 겨울의 한 복판에서 이파리를 떨군 채 서 있는 나무를 보면서 자연의 섭리와 세상의 이치를 생각한다. 시인에게 겨울나무는 세상의 모든 시간을 가늠하는 척도이기에 "나무를 통과하지 않는 계절은 없다"는 잠언적 진술은 의미심장한 동시에 감동적이다. 또한 작품 전체를 관통하는 이 말은 자연과 인생을 투시하는 발견의 시학을 잘 보여주고 있다. '불씨'가 아닌 '물씨'라는 독특한 어휘를 새롭게 만들어놓은 것 역시 이러한 발견의 시정신의 섬세함에서 기인한 것이다. 겨울나무들의 목리(木理)만이 한겨울에도 얼지 않을 것이라고 한 진술 역시 발견과 성찰의 과정에서 비롯되었다. "1년마다 하나씩 생기므로 그 나무의 나이를 알 수 있다"(국립국어연구원 편, 『표준국어대사전』)는 의미를 지닌 목리(나이테)에 대한 새로운 인식을 통하여 시인은 자신이 살아온 파란만장한 내력을 반추한다. 그 연륜 속에는 "해묵은 옹이들"과 "바스락거리는 이름들"이 함께하였기에 그의 삶 속에는 애잔함과 고단함 또한 깃들었을 것이다. 이제 시인은 삶의 군더더기들을 모두 털어낸 후 동안거(冬安居)에 들어가듯 고요한 성찰의 시간을 맞이하고 싶은 것이다. 그러므로 "폭설의 학기"란 새로운 깨달음을 향한 인고와 침잠의 여정인 셈이다. 이러한 깨달음의 과정을 통해서 얻은 결과가 모든 이파리들을 벗어던지고 있는 겨울나무들이 전하는 숭고한 말씀이다. 이 말씀이야말

로 자연과 인간 모두가 공히 겪었을 풍찬노숙의 삶이 이룬 깨달음의 언어
일 것이다.

　　　　자작나무 숲에 흰 빗방울이 흐른다
　　　　슬픈 곳에 나무 한 그루를 세우면 슬픈 나무가 되듯
　　　　자작나무 숲, 흰 나라의 회벽처럼 서 있다
　　　　흰 범선(帆船) 한 척을 보고 싶다면
　　　　그 범선을 흔드는
　　　　흰 돛폭이 보고 싶다면 이곳으로 오라
　　　　울렁거리는 것들을 가슴속에 가득 넣고 싶다면
　　　　여기 와 저 자작나무들을 세어 보라
　　　　첫 나무에서부터 마지막 나무까지
　　　　알고 있는 모든 숫자들을 불러 모아 보라
　　　　때론 침묵의 옆모습을 보기도 할 것이다
　　　　흰 종이 한 장을 보고
　　　　그 종이를 흔드는
　　　　어느 서사(書史)의 문자들을 읽을 수 있을 것이다
　　　　세상의 말들을 골라 들을 수 있는
　　　　희디흰 귀 하나를 얻을 수 있을 것이다

　　　　맨발로 밟고 싶은 자작나무 숲
　　　　북쪽의 한 귀퉁이로 서 있는 흰 숲
　　　　환한 문처럼 일렁이며 열리는 자작나무 숲

　　　　　　　　　　　　　　　　　　　　　　　—「흰 귀[耳]」 전문

　시인은 자작나무 숲을 바라보며 이 숲이 간직한 서사(書史)의 문자를 생
각한다. 이것은 다름 아닌 슬픔의 이야기라는 점을 "슬픈 곳에 나무 한 그

루를 세우면 슬픈 나무가 되듯/자작나무 숲, 흰 나라의 회벽처럼 서 있다"
라는 구절에서 확인할 수 있다. 슬픔의 지질(地質)이 이곳의 토양에 기대
어 성장하는 나무에게 전이되듯이 자작나무 숲의 흰 빛은 이곳의 대지를
적시는 빗방울마저 하얗게 만들었다. 시인은 이 숲속에 존재하는 모든 나
무들의 숫자를 호명하면서 슬픔의 서사(徐事)를 지녔음직한 나무들의 내
면을 엿보게 된다. 시인은 이에 관하여 "침묵의 옆모습"이라고 설명한다.
누구에게나 슬픔이 있고 고독이 있을 것이며 그 슬픔과 고독 속에서는 숨
기고 싶은 옆모습이 있을 것이다. 시인이 얻고자 하는 "희디흰 귀 하나"는
자신과 타자의 슬픔과 고독을 가늠할 수 있는 혜안(慧眼)인 동시에 이러한
세속적인 정서를 초월할 수 있는 탈속의 의지가 될 것이다. "북쪽의 한 귀
퉁이", "환한 문"이라는 어휘에서 초월의 의지가 꿈틀거리는 열락(悅樂)의
지평을 상상하게 된다. 이 역시 본원성을 지닌 대자연의 섭리를 체득한
자가 바라볼 수 있는 초월의 형상일 것이다. 박무웅 시인이 추구한 본원
성의 다른 한 축에는 모성이 자리 잡고 있음을 다음 시는 잘 보여준다.

> 어머니의 해는 영험한
> 부처 하나 합장 속에 모셨지요
> 손에 부처를 모실 수 있는 일은
> 어머니만이 할 수 있는 일이지요
> 자식의 몸속에 해 한 덩이 넣어주려고
> 두 손 파랗게 얼었지요
> 어머니, 맑은 동쪽의 첫날과
> 찬란한 저 얼굴에서 당신의 각오를 봅니다
> 식기 전에 먹어라
> 뜨거울 때 해 한 덩이라도 더 먹어둬라

늙은 아들 다그치시는 소리 들립니다

오래전 당신의 축원이었으나
이젠 나의 축원이 된
햇살 가득한 눈동자 하나

—「해돋이」전문

이 시에 나오는 '어머니'는 기도하는 어머니 상(像)을 보여준다. 어머니의 기도는 자신을 위한 것이 아니라 오로지 자식만을 위한 것이었다. "자식의 몸속에 해 한 덩이 넣어주려고" 어머니가 부처와 해를 향하여 합장한 두 손은 언제나 파랗게 얼었던 것이다. "해"는 부처이고 음덕이고 축복이다. 어머니는 아들의 삶이 "맑은 동쪽의 첫날"이 되기를 간절히 소망했고 그 소망은 이루어졌을 것이다. 해를 향한 기도의 축복을 모두 모아서 아들에게 안겨주었기 때문이다. "손에 부처를 모실 수 있는 일은/어머니만이 할 수 있는 일이지요"라는 인식은 모성의 성스러움을 극대화한다. 어머니의 숭고한 희생정신은 "늙은 아들"의 마음을 여전히 감동시키고 있다. "늙은 아들"인 화자에게 어머니는 그 숭고함 자체로서 깨달음을 이룬 부처이자 찬란한 아침 해가 되었다. "이젠 나의 축원이 된 햇살 가득한 눈동자 하나" 속에서 어머니를 그리워하는 자식의 마음을 짐작할 수 있다. 요컨대 이 시는 우주적 상상력과 모성적 상상력을 연결시켜 모성의 우주적 승화를 실감나게 형상화하고 있다.

깃털을 들어 올리지 못하는 것은 죽은 새이다
날지 못하는 것은 생(生)이 아니다

이른 봄 가장 먼저 날개를 펴는 새처럼
지상의 나를 버리고
붕새가 되고 싶었다

그날, 나는 백목련 앞에서 날개를 펴고
흰 깃털로 구만리장천을 긴 울음과 함께 날아오르는
한 마리 붕새가 되고 싶었다
말의 첫 머리를 가장 먼저 피워내는
흰 백목련 같은
지상의 붕새 같은 시(詩)를 토하고 싶었다

—「지상의 붕새」부분

　자연과 모성을 본원으로 삼아 우주로의 초월과 동심으로의 귀환을 추구한 박무웅 시인은 이러한 초월과 귀환의 상상력을 통하여 시에 대한 지극한 사랑을 제고시키고 있다. 그가 "지상의 나"를 버리고 "한 마리 붕새"가 되고 싶은 것 역시 시인이라는 특별한 삶에 대한 지고지순한 동경과 이어진다. 박 시인에게 시는 한편으로는 섬세한 "흰 백목련" 같고 다른 한편으로는 장엄한 "지상의 붕새" 같은 존재이다. 현재의 시인에게 시만큼 소중한 존재는 없을 것 같다. 이러한 내면의식을 통해 박 시인이 여생(餘生) 동안 시인으로서의 삶, 또는 시전문지 편집인으로서의 삶에 오롯이 헌신하려는 이유를 짐작할 수 있게 된다. 박무웅 시인은 그동안 담당해온 수많은 삶의 약력 중에서 시인으로서의 삶을 가장 소중하고 자랑스럽게 생각하고 있는 것이 분명이다. 그는 최근 들어 더욱 간절한 마음으로 시 창작에 임하고 있으며『시와표현』을 진취적이고 독보적으로 간행하고 있음을 거듭 주목한다.

「자서」에서 "내게 시는, 고난이기도 하고 그 승화이기도 했다."고 말한 바에서도 보이듯, 이번 시집을 통해 삶의 애환과 고난에서 승화와 초월의 경지로 나아가고자 하는 내면의식을 충분히 감지할 수 있었다. 인생의 고난과 그 고난의 승화를 충분히 체험한 그는 독보적인 서정시인으로서 시와 삶의 개성 있는 일체화를 아름답게 보여준 셈이다. 그의 시가 감동적인 이유 중 하나는 작품 속에 배어 있는 역경의 스토리텔링과 연관된 인간적 체취에 있다는 점 역시 이러한 맥락에서이다. 인생의 다양한 국면에서 수많은 성취를 이룬 오늘의 시점에서도, 박무웅 시인의 시와 삶은 어느 젊은 시인들 못지않게 열렬하고 역동적이다. 우리 모두가 기대하는 그의 여생이 "경계가 사라진 창천 같은 시"(「자서」)의 축복을 받으시길 간절히 기원한다.

환멸과 해체의 시학

— 이정섭의 신작시

범박하게나마 현대시를 크게 세 범주로 나누자면 현실을 구체적으로 반영하는 리얼리즘 시, 새로운 세계를 향한 실험을 거듭하는 모더니즘 시, 세계와의 동일성을 추구하는 서정시 등으로 구분할 수 있을 것 같다. 물론 이러한 견해는 일면 타당하면서도 다른 한편으로 어불성설(語不成說)이기도 하다. 어쩌면 현대시를 어떤 기준으로 분류하려는 시도 자체가 이미 무모하고 무용(無用)한 일인지도 모른다. 그럼에도 불구하고 평자들은 끊임없이 시인과 작품을 펼쳐놓은 채 구분하고 분류하는 작업을 일삼으며 그 엉성한 잣대에 맞추어 그것들을 해석하려 든다.

몇 해 전부터 특정 시인 그룹을 중심으로 미래파라는 유행적 현상이 나타났다. 이에 관한 문학 논쟁 역시 우리 시를 규정하고 구획하려는 의도를 지녔다. 연이은 찬반 논쟁들은 그 자체로 열렬하였으나 어찌 보면 그것들은 과거에 이미 여러 차례 존재했던 세대 논쟁을 반복해 보여주는 것 같아 식상한 느낌도 주었다. 100년 전인 20세기 초 이탈리아 시인들에 의해서 불붙었던 문학 운동의 명칭을 그대로 답습하면서까지 논쟁을 이어간 사실을 보면 그동안 한국시가 어지간히 진부하고 고루했던 모양이다. 이 논쟁의 진위 혹은 가치 여부를 떠나 현재 우리 시단에는 새로운 이미지, 상징, 정서 등을 추구하려는 몸부림이 계속되고 있는 게 사실이다.

이정섭의 신작시를 읽으면서 그의 작품들 역시 세칭 '미래파' 같은, 기존의 진부한 서정시의 내용과 형식을 벗어난 상상력을 보여준다는 느낌을 받았다. 남들이 해 주지 않았던 새로움, 자신이 처음 가보는 새로움이란 모든 예술가의 꿈이다. 한국의 이상이나 김춘수, 김수영이 걸어갔던 세계나, 좀 더 멀리 보면 프랑스 상징주의나 독일 표현주의가 추구했던 세계 모두 새로움을 향한 열망의 소산이다. 그러나 그 꿈의 황홀함만큼 그 새로움이 무모한 치기에 불과한 것이라는 공론에 이르렀을 때 다가올 수 있는 자괴감은 실로 가혹할 것이다. 이정섭의 새로움은 정서의 새로움, 표현의 새로움 같은 것인데 그는 많은 인내와 노력으로 세계와의 동일성을 거부하며 그 스스로 세계로부터의 추방당함을 무릅쓴 채 선악과의 상징을 도모하였다.

갑자기 풍이라도 맞았으면 액셀러레이터와 브레이크가 동시에 중증 발작이라도 일으켰으면 공중으로 붕 떠올라 광란하는 포르쉐를 조롱하기도 하고 물침대에 누워 굽어보는 하늘을 손가락질하기도 하고 그런데 어쩌나 막 연노랑 고개를 내민 벼이삭으로 추락하면 어쩌나 쫑긋 입술 오므린 나팔꽃 덤불을 짓이기면 어쩌나 일광욕하는 풀빛들 피맺히면 어쩌나 핸들은 급히 오른쪽으로 기울고 원심력을 버려 기사는 입김을 물고 연분홍 치마 살랑거리고 그 차가 뒤집히기를 난 바랬지만 방관하는 땅도 길도 사람도 이 악문 바리케이드가 되어 신성한 가시가

되어 공동묘지처럼 부풀어 오른 타이어를 빨갛게 꿈틀거리는 사과를
난 바랬지만
　시력 약한 그늘을 더듬어 그늘을 물들이는 그 차는

— 「하와의 사과」 부분

　화자가 "풍"과 "중증 발작"을 바라며 자신이 탄 자동차의 전복을 바라는
것은 질서와 규범 속에서 제도화되어 가고 있는 현실에 대한 저항 의지에
서 비롯되었다. 화자에게 "땅"과 "길"과 "사람"은 언어의 법칙성과 제도
의 존엄함이 상상력을 위축시키고 억압하는 상징계의 질서이다. 그는 액
셀러레이터와 브레이크를 마구 밟으면서 이 상징계를 벗어나고자 하지만
언제나 그 일탈의 과정 속에서 "바리케이드" 혹은 "공동묘지"라는 장벽을
만나게 된다. 그러므로 그 벗어남은 쉬운 일이 아니었다. "액셀러레이터
와 브레이크"의 파열로도 초월의 세계로 가는 길에 놓인 장벽을 쉽게 허
물 수 없었기 때문이다.
　신화적 소재인 "선악과"에 대한 이끌림 역시 이런 맥락에서 이해할 수
있다. 결국 "빨갛게 꿈틀거리는 사과"를 먹는 일도 쉬운 일이 아니었다.
하와가 뱀의 형상을 한 사탄(Satan)의 유혹을 받아 선악을 알게 하는 사과
를 따 먹음으로써 에덴동산에서 쫓겨나듯 화자 역시 상징계로부터의 추
방을 원하지만 현실이라는 구심력은 그를 상징계 밖으로 날려버리는 일
에 선뜻 동조하지 않았다. 화자가 「하와의 사과」 뒷부분에서 "당신의 문
명"을 향하여 끝없는 조롱과 비난을 퍼붓는 것 또한 이와 관련된 내면의
식에서 기인하였다. "문명"은 상징계의 질서 속에 존재하는 하나의 요소
라는 점을 시인은 잘 알고 있었다.

낙타는 사막을 사랑한다

낙타의 밥은 밤길 밤길 밟아 돌아오는 바람 바람을 저장하는 낙타의 수법은 고래로부터 전승되어 온 마법의 경전에 기록되었다 범접할 수 없는 것들이 문자에 손을 댄 이후로 사막은 불의 도시가 되었다 함부로 꽃 피우지 마라 경전에서 쏟아져 나온 독화살이 당신의 심장을 불사를 것이니 바람의 소유권을 주장하는 낙타는 사막을 사랑한다 마법의 경전을 홀대하는 아레스* 사소한 피가 제단을 적시고 이름 없는 낙타는 이름 있는 낙타를 침범한다 사슬에 묶인 바람은 천둥처럼 운다 긴 백발을 풀어헤치고 운다 오래된 모래성벽 아래 쌓이는 바람의 사체 오아시스에 첫 눈이 내리고 곧 바람은 바닥날 것이다 모래가 흘러내린다 입술을 훔친 연인처럼 전쟁은 쉽게 떠나고 이름 없는 낙타가 다스리는 사막 지나간 길에서 내려 길을 묻는다 치장한 바람을 빼앗긴 날 낙타의 밥은 밤길에 두고 온 기억 밤이슬 밟아 돌아오는 옛 사랑 불의 도시를 사랑하는 새 애인 낙타의 나라에 폭설의 징후가 들이닥친다 사막 반대편에서 천국의 나팔처럼 늑대인간이 몰려온다 밤길보다 맛있는 신앙 달짝지근한 혀의 기술이 전래된다 낙타의 나라에서 애정은 쉽게 상하는 음식 흔한 고백은 흡혈의 전설 흔한 연애는 매혈의 전설 바람의 살과 뼈를 다져 만든 환약이 쟁반에 담긴다 이 약은 문자를 만져도 녹지 않는 육체를 주지요 바람의 백발을 훈련시킬 수 있는 이성을 주지요 폭설을 부릴 수 있는 지혜를 주지요 어둡고 건조한 지하 모래 감옥에서 낙타를 그리워하는 바람 낙타는 늑대인간을 사랑한다 늑대인간의 갑옷을 사랑한다 늑대인간이 밟고 다니는 달빛을 사랑한다 빵가루 흩날리는 사랑이 날아다닌다 불의 도시에서 그림자는 곧 전멸할 것이니 향불만 남기고 사막은 바람을 아주 버린다 질 좋은 낙타를 재배하는 늑대인간의 수경농법이 전승된다 새로운 경전의 불길이 열린다 늑대인간은 사막을 사랑한다

사막은

벼랑 위의 신선한 짐승을 즐긴다

* 전쟁의 신

— 「동물원 가는 길」 전문

「하와의 사과」에 나타난 에덴동산은 「동물원 가는 길」에서 사막으로 변
주된다. "에덴동산"이 축복과 저주의 땅인 것처럼 이 시의 "사막" 역시 가
능성과 불가능성을 동시에 내포한다. 이 사막을 지배하는 주인공은 낙타
이다. "범접할 수 없는 것들이 문자에 손을 댄 이후로 사막은 불의 도시가
되었다"는 진술에는 문자의 세계에 대한 금기 의식과 부정 의식이 들어 있
다. 문자는 글자이다. 언어에는 문자 언어와 음성 언어가 있다. 언어는 사
회적 약속이므로 이 언어에 대한 인식과 자각을 통하여 인간은 상상계를
벗어나 상징계의 범주 속으로 들어간다. 상징계를 지배하는 언어는 제도
적 폭력을 행사하는 동시에 제도적 편의를 제공한다. 시인이 말하는 문자
의 세계는 독화살을 담아 놓은 경전의 세계와 이어진다. 시인은 문자의 세
계를 부정함으로써 인류가 숭배하는 모든 경전의 질서에 저항한 것이다.
결국 이러한 파괴와 저항의 시정신은 "이름 없는 낙타가 이름 있는 낙
타를 침범"하는 사막에 대한 동경을 낳았다. 그러므로 "이 약은 문자를 만
져도 녹지 않는 육체를 주지요 바람의 백발을 훈련시킬 수 있는 이성을
주지요 폭설을 부릴 수 있는 지혜를 주지요"에 나타난 "육체", "이성", "지
혜"는 모두 부정과 해체의 대상일 것이다. 시인이 추구하는 "새로운 경전"
은 상징계에 대한 파괴를 통하여 현현할 수 있다. 사회적 제도를 벗어나
있는 "늑대인간"의 이미지 역시 이러한 맥락에서 이해할 수 있겠다. '낙타
가 늑대인간을 사랑하는' 것은 두 대상이 서로 비슷하게 지닌 해체의 속

성 때문이다. 이들의 초월의식이 "늑대인간이 밟고 다니는 달빛", "빵가루 흩날리는 사랑"에 나타난 낭만적 속성을 내포한 점에 주목할 필요가 있다. 여기 이정섭 시인이 행한 환멸의 징후가 지닌 특색이 나타난다. 고루한 현실을 향한 해체와 환멸의 사유 속에 감성적 여운을 숨겨놓은 시의식은 다음 작품에서도 잘 나타난다.

마흔 여덟 번째 주머니에 숨은 입김이 그리워
밤마다 창문을 두드리네
눈 날리는 사람들의 나라 뒤돌아서 수군거리는 가면의 도시 핏줄 불거진 목을 깨물면
나는 나비가 된다네
강 건너 어깨를 벗은 어둠을 지나 시험에 든 어린 시절 골목으로 날아가 한 움큼 밀 이삭을 건네는 수줍은 소녀와 저주를 퍼붓는 신부의 중세로 날아가 돌에 맞아 피 흘리는 여인과 은화 삼십 냥에 목을 맨 유다 조롱을 끌어당겨 몸 감추는 광야로 날아가 분노의 숨결 일렁이는 혼돈으로 날아가
말씀이 있기 전 몸이 아직 바람이었을 때 완전한 그리움이었을 때
너는 빛보다 아름다운 어둠 나는 어둠의 젖을 빠는 티끌
서럽게 입 맞추지 못해서 용서받지 못해서
아직도 나는 창백한 송곳니를 갈면서 살아야 한다
거울 등지고 눈발처럼 휘날리는 머리 아흔 번째 심장 두근거리는 체온이 쓸쓸해
관 속의 잠과 함께 건너온 세월
사람의 자리를 박차고 내려온 나는 너라는 유령
눈은 외롭게 흔들리는데 눈은 내리고 네 눈은 너무 시려서 차마 열 수 없어서
창문을 두드리네 희미해진 혈흔을 되새기네

오늘 밤, 어둠이 닫히기 전에

—「뱀파이어와의 인터뷰」 전문

이정섭은 신화, 판타지, 성경, 영화 등 다양한 텍스트에 관련한 상상력을 펼치고 있었다. 이 작품은 그가 각주를 통해서 밝힌 바와 같이 1994년 개봉된 '닐 조단' 감독의 동명 영화를 소재로 하고 있다. 이 시에 나타난 화자는 아내와 자식이 죽은 뒤에 뱀파이어가 된 루이의 목소리를 지니고 있다. 루이는 인간의 신선한 피를 마셔야 생명을 유지할 수 있는 뱀파이어가 된 다음에도 선량한 심성을 잃지 않은 채 살인을 피하기 위해 동물의 피만을 마시고자 한다. "가면의 도시"로부터 완전한 초월을 이루지 못한 채 "서럽게 입 맞추지 못해서 용서받지 못해서" "창백한 송곳니를 갈면서 살아야" 하는 "나"는 인간과 괴물의 경계에 머물면서 인간을 내포한 괴물로서 살아가야 하는 루이의 존재성을 닮아 있다.

그러기에 이 시의 화자는 인간적 감정인 '외로움', '쓸쓸함', '그리움', '서러움' 등을 그대로 간직한 채 열리지 않는 세계의 "창문"을 부단히도 두드리고 있다. 화자는 "사람의 자리를 박차고 내려온 나는 너라는 유령"이라고 단언하지만 결코 그는 이 "너라는" 유령의 경지에 다다르지 못한 채 갈등하고 방황한다. 오히려 '나'는 본능이 지배하는 유령과는 다른 삶을 살고 있다. 인간의 관점에서 보면 뱀파이어의 세계가 상상계라면 뱀파이어의 관점에서 보면 인간의 세계가 상상계일 것이다. 화자는 표면적으로는 뱀파이어의 어조와 형상을 통하여 세계에 대한 환멸을 노래하지만 결국 그는 뱀파이어들의 상상계인 인간의 세계를 초월하지 못하고 있는 것 같다.

지난 밤이었다

동서를 가로지른 편도 육차선 얇은 달빛을 찢고 질서 없이 스프레이
들 깨어났다

세례 받은 가로등이 뒤를 이었다

불빛의 반경 뒤로 음유시인 낮고 비린 지느러미 파닥거렸다

가라, 밤의 몸이여 영혼의 밤이여 도시를 재배하는 스프레이의 나라
너희들의 안식처 만물의 간격으로, 가서

몸을 섭취할지어다

실눈을 뜨고 멀리 화살표가 손을 흔들었다

이승은 묽게 번진 인사말이 자유롭게 활보하는 스케치북 순한 양떼
떠도는 건천(乾川)

아스팔트의 독도법을 밟아 느릿느릿 교차로는 스프레이들

방언이 구름이었다 저렇게 낮아진 구름은 처음이다

우리에게 축복은 피를 함유한 수분의 폐허 더운 피를 겹겹 채우리라

저 높은 곳 구름 너머 푸른 빛 물결치는 곳

호산나, 동화(同化)를 찬미하는 만민(萬民)의 환호 빗발치는 곳

눈꺼풀이 입을 열었다

지난밤의 사체에서 원유를 양식하는 심장 위대한 역사(役事)를 감동
하는 족속이여 열방이여

혼을 팔지어다

황금률 바깥 여백으로 흰머리 독수리 출구 없는 카피들 강림하나니

밤의 창문을 등지고 핏대를 세운 담쟁이 꽃

어리석은 자해를 기억하는가

밤낮 없는 제단을 가꿔 눈 감은 밤의 열쇠를 경배하리라

음유시인의 발자국에 연(緣)을 이은 맹독성 시간은 갈피 없는 난행
(亂行)을 즐겼다

환각에 취한 달빛이 두서없이 흩날렸다

동서를 가로지른 달빛 얇은 요철을 다듬어 한순간 발자국들 몰려갔

다 납작 엎드린 밤을 파헤쳐
　꼬리 없는 꿈
　평평한 밤을 살포하는 가드레일 속에서 토르소들
　지나가는 밤이었다

— 「부패하는 잉여들의 밤」 전문

이 시의 "잉여"는 '잉여 욕망'의 세계를 여실히 보여준다. 라깡을 존중한 동시에 라깡을 위반한 지젝은 '잉여 욕망'의 이론을 통하여 자본주의 사회의 모순을 간파하였다. 그는 과도하게 남아도는 '잉여 욕망'이 자본주의의 모순을 극대화시킬 수 있다고 경고했다. '잉여 욕망'을 수습하고 제어하여 건전한 자본주의를 지향해야 한다는 그의 이론은 물질만능주의에 경도된 후기 산업사회를 점검하는 새로운 시대정신을 제시하였다. 이 시에 나타난 "도시를 재배하는 스프레이의 나라"는 진정한 안식처를 제공하지 못한 채 "밤의 사체"를 거느리면서 영혼을 매매하는 타락한 공간이다. 이 공간에 얽힌 "맹독성의 시간"에서 화자는 "난행"만을 즐길 수밖에 없었다. "호산나"라고 외치는 영혼의 갈증을 가중시키는 "토르소" 같은 불구의 육체만이 부유(浮游)하는 밤은 타락한 자본주의의 시간임에 틀림없다. 이러한 맥락에서 이정섭의 문명 비판적인 사유가 드러난다. 시인은 병든 문명의 질서를 공기처럼 흩날리는 스프레이에 비유함으로써 해체와 전복 이후에 나타날 새로운 시간을 꿈꾸었다.

최근 젊은 시인들은 감성의 시보다는 지성의 시에 더 많이 경도되어 있다. 감성은 생래적으로 어느 정도 타고 나야 그것을 더 세련되게 다듬을 수 있을 터이지만, 지성은 학습을 통해서 확충할 수 있는 여지를 더 많이 갖고 있는 것 같다. 그러나 시 창작에서 감성과 지성이 분리된다는 것은 오해이다. 시의 감성과 지성은 불가분의 관계를 지니면서 한 편의 시를 완성하는 밑거름이 된다. 이정섭의 시 역시 감성과 지성을 동시에 구현하고 있는 것으로 보인다. 동서고금의 신화와 철학을 아우르는 해박한 지적 인식과 세계의 결핍을 온몸으로 대면한 감성적 표현은 그 나름의 개성을 확보해 나가는 데에 상당히 기여하고 있다.

그의 시는 강렬하고 낯선 느낌을 지닌 채 초현실주의적 가능성을 보여주고 있다. 익숙하고 진부한 세계에 대한 매우 치밀하고 냉혹하고 끔찍한 도전 속에서 경이로운 '낯설게 하기'가 태동하는 것은 아닐까! 오묘한 에스프리를 적당히 숨기기도 하고 어느 순간에 와서는 교묘히 드러내기도 하는 신출귀몰(神出鬼沒)의 '엠비규어티(ambiguity)'란 과연 어떤 것일까? 그동안 끊임없이 부침했던 초현실파, 실험파, 미래파 시인들 중 문학사에 건실히 살아남은 자들의 특징은 무엇일까? 이 어리석은 질문들을 던지면서 이정섭의 진취적인 행보에 주목하여 그의 시가 앞으로 더욱 새로이 펼쳐 놓을 수 있는, 그 어떤 시보다 낯설고 위험한 지평을 기대해 본다.

제3부

실존과 신생

목마른 시의 길, 쓰디쓴 사랑의 길

— 최문자의 신작시

최문자가 새롭게 펼쳐 보이는 다섯 편의 신작시는 '시'와 '사랑'이라는 보편적 테마를 향한 열렬한 자의식을 거침없이 보여주고 있다. 평생 시를 쓰며 살아야 하는 것이 시인의 운명임에도 불구하고 어떤 시인도 자신의 모든 정신적 갈증을 해소시켜 줄 수 있는 완전한 창작의 지평을 이룰 수 없을 것이라는 점과, 평생 사랑과 이별을 경험하면서 살아야 하는 것이 인간의 운명임에도 불구하고 누구도 완전한 사랑의 경지에는 도달하지 못할 것이라는 점은 이번 최문자 시편의 두 가지 전제일 것이다. 결과를 예측할 수 없는 '시와 사랑'을 향한 고단한 여로에 선 최문자는 세상을 향해 수많은 질문의 그물망을 던져놓지만 그 질문에 정답을 가르쳐 줄 사람은 없을 것이다. 그래서 최 시인은 그것들 앞에서 항상 조바심이 나거나 가슴 더욱 조이게 된다.

갈등과 고뇌의 과정 속에서 얻어질 수밖에 없는 시인의 시는 역설적이게도 다른 인생을 위무할 수 있게 된다. 보들레르가 그의 시 「축복」에서 시인의 운명이 지닌 비극과 축복을 동시에 이야기했던 것도 이러한 맥락과 통한다. 시라는 운명 앞에 놓인 한 시인으로 그리고 거대한 진리 앞에 놓인 한 인간으로 살 수밖에 없는 최문자에게 '시와 사랑'이라는 두 형이상학은 분리될 수 없는 하나의 운명적 실체인 셈이다. '목마르면서도 목마르지만은 않는' 시의 길과 '쓰디쓰면서도 쓰지만은 않는' 사랑의 길 위에서 시인은 「물주는 여자」 같은 시를 쓸 수 있었다.

그가
수분이 모자란다는 소문을 들었다
단 1분간 통화하면서도
물
물
물
물.
매일 시 한 편씩 써 보내 달라는 남자
시가 얼마나 목마른 건데
시를 물로 보는 남자
사랑이 얼마나 쓴 물인데
사랑을 맹물로 보는 남자.
아침에 일어나보니
휴대폰이 퉁퉁 불어 있다.
밤 새 물주다 불어터진
그녀는
기포의 입술을 가진
손등에서 물비린내 나는
최후의 습지

— 「물주는 여자」 전문

이 시에는 한 남자(그)와 한 여자(그녀)가 등장한다. 남자는 자신에게 부족한 수분을 얻기 위해서 여자에게 매일 시 한편씩을 새로이 써서 보내달라고 부탁한다. 이 황당하고 느닷없는 부탁에 대해서 주저 없이 그리고 아낌없이 응하는 여자의 태도는 무모하면서도 의미심장하고 처연하면서도 낭만적이다. 여자는 시를 물로 보거나 사랑을 맹물로 보는 남자의 태도가 잘못된 것이라는 점을 명백히 알고 있었으면서도 밤새 그 남자에게 "물주다" 지쳐 버린다. 여자가 "휴대폰"마저 "퉁퉁 불어"야 하는 고통스런 노력의 과정을 포기하지 않은 것은 그 행위 자체가 특별한 의미를 지닐 수 있음을 알았기 때문이다.

결과는 참담할지라도 과정은 소중한 것임을 알고 있는 여자의 몸은 상처를 승화시킨 초월의 원시적 자태를 간직하고 있었다. 결실을 담보하지 못하는 '시쓰기'와 '사랑하기'의 과정을 거친 다음에 마침내 나타나는 "기포의 입술을 가진/손등에서 물비린내 나는/최후의 습지"는 육체적 감각의 현현과 함께하는 환상적 모멘트를 만들어 준다. 이것을 통해 시와 사랑의 리얼리티 속에 은밀히 숨겨진 비극성은 잠시나마 사라질 수 있을 것이다. 그러나 이 비극성이 영원히는 사라질 수 없을 것이라는 사실을 다음 작품을 통해 확인할 수 있겠다.

그들
정말이지
한 순간이 빛이었다 어둠이었다   해요
오랫동안 굶은 남자와
오랫동안 배부른 여자가
걷고 걸어서

빡빡한 돌짝밭에서 만났어요
서로가 서로를 굶었으므로
멀거니 바라보다
길을 잃었죠
살이 있고 뼈가 없는 것처럼
미지근한 것보다 더 굴욕적인 건 없죠
결코 서로의 발목에서 마음껏 찰랑거리지 않죠
그들
헤어지는 빛과 어둠이에요
옆에 두고도
찾을 수 없는 사람
그 사람을 찾아서
서로가 서로를 굶다가
반대쪽에서 화들짝 놀라죠
그들
정말이지
잘도 마음이 오그라붙죠.

— 「부부」 전문

　이 시는 부부간의 사랑 문제에 천착하는 동시에 부부 간의 사랑 없음을
형상화하고 있는 작품이다. 지아비와 지어미가 결합된 '부부'라는 존재는
서로 가장 사랑했던 존재의 결합인 동시에 이제는 더 이상 서로를 사랑하
지 않는 존재의 결합일까! 이 설명은 이 세상 모든 부부에게 통하는 것은
아닐지라도 적어도 위 시에 나타난 부부에게는 맞는 말이다. "그들"은 형
식적으로는 부부 관계에 있지만 본질적으로는 너무 달라 "굶은 남자", "배
부른 여자"이며 "빛"과 "어둠"의 상대성을 지닌다. 이러한 두 사람의 차별

성은 조화를 지향하지 않은 채 결국 불화로만 치닫게 된다.

"서로가 서로를 굶었으므로/멀거니 바라보다/길을 잃"어야 하는 그들의 삶은 행불행을 순간적으로 오가던 오랜 과정을 거친 후에 급기야는 불행에 더 근접해 간다. 이 "굴욕적인" '미지근함'을 극복하기 위해서 필요한 것은 뜨거운 사랑일 터이지만 "그들"에게 이것을 기대하는 것은 이제 불가능한 것 같다. 아름답던 사랑의 서사는 너무 먼 시공이 되어 버렸기 때문이다. 그래서 "그들"은 "반대쪽에서 화들짝 놀"라거나 "잘도 마음이 오그라붙"을 뿐이다. 시인이 「어느 날의 우울」에서 지리멸렬한 세상을 향하여 "꽃화분"을 던지려 하는 행위는 '미지근한 현실'에 대한 항거를 의미한다.

> 프라자호텔 2층 발코니에서 꽃화분 하나 들고 우울한 보들레르처럼 서있다.
> 투명한 유리 한 장 안 가지고 다닌다고 우울하고 또 우울해서 깨뜨릴 유리를 찾고 있다.
> 마술유리로 휘감은 빌딩과 빌딩 사이 사이 득실거리는 색유리장수와 웃음소리뿐
> 어쩌리
> 그 많은 유리 중에 보석 같은 투명한 유리 한 장 어디 있을까?
> 내던질 화분에서 불쑥 불쑥 꽃들이 펴댄다.
> 모르겠다 모르겠다 모르겠다.
> 가지도 오지도 않는 투명한 유리 한 장
> 우울하고 또 우울해서 발저림에서 실어증까지……
> 들고 있던 활짝 핀 꽃화분 슬며시 내려놓는다.
> 무섭다.

서울광장이
깊은 우물로 보인다.

　　　　　　　　　　　　　　　　　—「어느 날의 우울」 부분

　보들레르가 「불쾌한 유리장수」에서 인생을 황홀하게 만들 천국의 유리를 갈망하면서 '파리의 우울'을 노래했듯이, 최문자는 「어느 날의 우울」에서 "프라자호텔 2층 발코니에" 서서 서울광장이 보이는 어느 날의 우울을 노래하고 있다. 이들은 모두 발코니에 있었고 화분 하나씩을 들고 있었다. 보들레르가 색유리 없는 유리창의 상징적 현실을 향하여 꽃화분을 던져 유리장수의 물건들을 모두 깨뜨린 것과는 다소간 달리, 최문자는 색유리 혹은 마술유리뿐인 지상의 유리더미를 향해 꽃화분을 던질 태세만을 취하고 있다. 화자가 보들레르의 어조 혹은 태도를 통하여 "우울"의 목소리를 한껏 드높이고 있는 것은 자신의 내면에 가로놓인 고통스러운 자의식에 대한 저항의 의미를 지닌다. 즉 화자 내면의 우울은 이 세계의 우울 이전의 우울이며 이 현상적 질서에 아랑곳하지 않는 원초적 우울이며 본질적 우울일 것이다. 나아가 화자의 우울은 서울 광장을 둘러싸고 있는 유리창 색깔의 변화만으로는 해결할 수 없는 "모르겠다 모르겠다 모르겠다"라는 어구에 숨겨진 불가지의 우울이다. 우울의 실체가 명확하지 않고 또한 이 우울이 세계의 현상으로 인한 것만이 아니기에 화자는 마침내 "꽃화분을 슬며시 내려놓"게 되는 것이다.
　추측하건대 이러한 우울 역시 '목마른 시'와 '쓰디쓴 사랑'의 문제에서 찾을 수 있을 것이다. 이러한 문제에 기대지 않고는 "발저림에서 실어증"까지 언급되는 서울의 우울을 해명할 길을 도저히 찾을 수 없을 것 같다.

「해열」을 통해서 보면, 어머니가 입에 대주던 약 수저에 의해 육체의 "고열은 고뇌 없이 무조건 내"릴지 모르겠지만 이러한 해열 행위는 미열까지는 사라지게 할 수 없는, 언제나 또 다른 약수저를 필요로 하는 미봉책에 불과할 것이라는 점을 시인은 잘 알고 있었다. "억지로" 하는 해열은 "내가 지워질 때까지" 사랑을 사라지게 하지 못할 것이다. 그러나 독한 약과 깊은 고뇌를 다 견딘 끈질긴 사랑 역시 인간 삶을 존재하게 하는 영원한 어긋남에 불과한 것이다. 그러므로 최문자가 토로하는 목마르고 쓰디쓴 우울은 "내던질 화분에서 불쑥 불쑥" 피어나는 꽃들처럼 난감하면서도 끈질긴 생명력을 지니게 될 것이다. "내 영혼의 회색 실밥들이 나를 놓치고 실성한 듯 너풀거"(「땅 속으로 물 속으로 꽃 속으로」 부분)리더라도, 혹은 "그"가 "내 안에서 짐을 꾸려 나가버"(「해열」 부분)리더라도.

순수를 꿈꾸는 자유의 시정신

― 김영은의 신작시

김영은 시인이 새롭게 선보이는 신작시 7편에 나타나는 시정신의 핵심은 '자유와 순수'이다. 시인의 자유 의지는 가장 원형적인 순수의 세계를 향하고 있었다. 모든 존재자는 원래는 순수했다. 여기서 '원래'란 신화적 시간과 연결된다. 그러나 신화적 시간이 세속적 시간에 의해 훼손되어 갈수록 존재자의 자유는 억압받고 존재차는 서서히 순수를 잃어갈 수밖에 없다. 시인은 세속적 시간 속에서 잃어버린 순수를 되찾기 위해 우선 자유를 갈망했고, 자유를 갈망함을 통하여 순수가 회복되기를 원했다. 그러나 시인이 현재 살고 있는 시간은 현실 원칙을 초월할 수 없는 세속적인 시간이므로 그가 순수와 자유를 갈망하는 일이 그리 순탄하지는 않았다.

순수와 자유, 그 두 요소를 주제로 삼고 있는 시인은 일상적 삶을 소재로 하여 지리멸렬한 세속적인 시간으로부터의 초월을 추구하였다. 그 일탈을 통하여 현실적 고독과 고통을 떨쳐버리고자 하는 밀도 있는 시들로 소시집을 엮어낸 것이다. 시인은 자신의 내면을 세심하게 들여다보는 자아 성찰의 과정을 통하여 자신의 내면에 존재하는 여러 가지 상징과 이미지를 만난다. 이러한 시의식을 가장 직접적으로 보여주는 작품이 「내면을 탐색하다」이다.

굳은 흙을 파헤친다 무덤 속 내 주검이 눈 뜬다 총알 같은 눈알로 나를 쏘아본다 처음 보는 짐승이다 저건 뭐라는 이름의 짐승이지? 내 주검이 저런 짐승이 되었다니… 눈에서 타오르는 저 불길, 나는 본능적으로 몸을 움츠린다 쓰러드리고 짓밟으며 내가 먹은 것들이 이제 나를 먹으러 달려들 기세다 내 안에 저런 사나운 짐승이 살고 있었다니…

나는 다시 다른 무덤들을 파헤친다 사슴, 파랑새, 들꽃들이 줄줄이 엮여 나온다 그것들에게 열심히 인공호흡을 한다 나는 본시 그런 것들의 무덤이었으므로…

산새 한 마리 포르르 날아와 기억의 가지 끝에 앉는다 툭툭 들꽃이 돋는다 다람쥐가 달려간 오솔길 끝이 환히 밝고, 길섶에 핀 동자꽃 처녀치마 금낭화의 해맑은 웃음, 그것들은 본시 내 기억의 깊은 쪽에 뿌리가 닿아있다 아름답고 평화로운 것들도 때로는 슬프다 너무 오랜 동안 헤어져 있었기 때문일 것이다

이제 나는 나무의 수액으로 목을 축이고 들꽃의 뿌리를 씹는다

아직도 그 짐승, 무시로 내 숲을 널름대는 그 짐승이 사라질 때까지.

— 「내면을 탐색하다」 전문

사람은 누구나 살아가는 시간 동안 자신의 내면을 탐색하는 시간을 가지지만, 그 일은 언제나 "굳은 흙"을 파헤치는 뼈아픈 과정을 거쳐야만 비

로소 시작될 수 있을 것이다. 이 시의 화자는 자신의 마음속에서 "총알 같은 눈알"로 자신을 쏘아보는 짐승을 만나게 된다. 난생 처음 보는 이 짐승 앞에서 어쩔 줄 몰라 하는 화자는 우선은 그 짐승의 공격으로부터 자신을 보호해 보려는 자세를 취한다. 그의 내면 탐색 작업은 이 난관에서도 멈추지 않은 채 다시금 "다른 무덤"을 파헤치는 과정을 통하여 더욱 본질적으로 진행된다. 그리하여 화자는 자신의 마음속에서 "사슴, 파랑새, 들꽃들이 줄줄이 엮여 나"오는 것을 발견하고 이들 순수와 동심의 상징들이 죽어가지 않도록 인공호흡을 시켜 이것들에게 새 생명을 불어넣는다. 3연에서 펼쳐지는 갖가지 이미지들은 순수 회복을 통하여 자아를 새롭게 발견함으로써 나타나게 되었다.

화자는 비로소 "이제 나는 나무의 수액으로 목을 축이고 들꽃의 뿌리를 씹는다"라는 안도의 지평에 도달하게 된다. 이 지평은 고난에 찬 자아 탐색을 통하여 이룩한 순수한 생명의 향연일 것이다. 그러나 공포와 불안의 상징인 "그 짐승"이 화자의 내면에서 완전히 사라진 것은 아니다. 이 짐승이 여전히 "무시로 내 숲을 널름대"고 있기 때문에 오히려 사슴과 파랑새와 들꽃들의 존재가 더욱 가치 있는 것이 될 것이다. 「내면을 탐색하다」에서 보인 자아 탐색의 시정신은 「로댕의 이브」로 이어진다.

> 냉장고 속을 정리하다
> 한 구석에서 조용히 웅크린 늙음을 보았네
> 젊음의 향기 말라버린 복숭아 한 알
> 탱탱하던 볼이, 젖가슴이, 엉덩이가
> 무심히 버려져 쪼글쪼글 늙어가고 있었네
> 삭아버린 그리움은 군데군데 멍으로 남고

살이 빠져나갈 때마다 흘렸을 피눈물이 말라붙어 있었네
젊음이 가고 힘이 빠져나가는 시간을
캄캄한 구석에서 말씀 한 자락 씹고 있었을까
봄이면 복사꽃등 켜들고 천지에 불 싸지른 죄
단물 스밀 때 남정네들 앞에서 꼬리웃음 친 죄
한 시절 죄 값을 읊조리며 몸속에 무덤을 파고 있었네
빛바랜 옷자락 안, 분홍 살점 슬쩍 보였지만
태초에 생명의 근원이었던 중심을 향해 걷고 또 걸으며
다음 생을 곰곰이 적고 있었는지도 몰라
인생은 그렇게 숨어서 조용히 늙어가는 것이리
죄보다 더 무거운 무덤을 끌고 돌아가는
저 늙은 여자!

—「로댕의 이브」전문

　　냉장고 속에서 말라가고 있는 "복숭아 한 알"의 모습은 다름 아닌 시인
자신의 모습이다. 그러므로 사시사철 가동을 멈추지 않은 채 잉잉거리면
서 돌아가야 하는 냉장고는 시인의 삶을 가두고 있는 지루한 일상 공간이
다. 야채와 과일이 부패하지 않도록 적당히 낮은 온도를 유지하는 냉장고
속이라고 할지라도, 그 곳에서 신선함을 영원히 유지할 수 있는 것이란
아무것도 없다. 시인은 부패해 가고 있는 복숭아를 바라보면서 "삭아버린
그리움"과 "흘렸을 피눈물"을 생각한다. 시인이 이러한 비극적인 생각을
하게 만드는 원인은 다름 아닌 "늙음"에 대한 인식에 있다. 어떠한 노력을
하더라도 인간은 노화라는 생리적인 과정을 초월해서 살 수는 없다. 또한
육체적인 늙음만큼 견디기 힘들었던 것이 육체의 늙음으로 인한 마음의
늙음이었을 것이다. 그러므로 "봄이면 복사꽃등 켜들고 천지에 불 싸지른

죄/단물 스밀 때 남정네들 앞에서 꼬리웃음 친 죄"는 죄가 아니라 젊은 시절의 축복이었다. 지나간 청춘의 시간에 일어났던 도발적이거나 애욕적인 사건들을 "죄"라고 표현한 것은, 현재 진행되고 있는 어찌할 수 없는 노화의 시간에 대한 미련과 원망을 자제하고 현재적 삶을 어느 정도 스스로 받아들이기 위함에서일 것이다.

"태초에 생명의 근원이었던 중심을 향해 걷고 또 걸으며/다음 생을 곰곰이 적고 있었는지도 몰라"라는 인식에 이르러 숭고미까지 느끼게 되는 것은, 이 두 행 속에 삶과 죽음에 대한 깊이 있는 철학이 들어있기 때문이다. 퇴락해가는 자신을 발견하고 그 질곡에 찬 삶을 인식함으로써 삶과 죽음에 대한 진지한 깨달음을 구현하고 있는 이 시의 시의식은 다음 시에서 더욱 처절하고 생동감 있는 적극성의 언어로 변주된다.

유리상자 안에 갇혔네 내 몸에서 만개한 꽃들이 흙탕물에 떠내려가는 게 보였네 이름을 거세당한 나는 곱씹을 추억도 가질 수 없었네 그는 어린 꽃나무를 심었네 검은 하늘이 땅과 맞붙었네 촛불조차 꺼져버린 네모 안에서 남은 생을 점쳐보는 일이란 참으로 무모했네 밤이면 별을 헤며 빼앗긴 문자를 더듬거려보았네

그는 톱질을 아주 기술적으로 잘했네 피 한 방울 흘리지 않고 잘린 내 팔다리가 둥둥 떠내려갔네 나를 유기하고 그가 옮겨간 세상은 해가 지지 않는 이상한 나라, 난 스테이크를 즐겨 먹었네 씹을수록 치 떨리게 살고 싶은 살맛이 우러났네

나를 가둔 유리 감옥을 깨기 시작했네 그때서야 내 온몸에서 철철 피가 흘러나왔네 몸속에서 위풍당당행진곡이 폭죽처럼 터져나왔네 사

라졌던 팔다리가 다시 돌아왔고, 쨍쨍 해가 나고 풀들이 한 뼘이나 자
랐네

묵은 뿌리에서 움이 돋으려는지 겨드랑이가 가려워졌네

—「오래된 나무」전문

 "유리상자 안"은 위 시에 나타난 "냉장고 속"과 유사한 공간이다. 그러
나 이 두 유사한 공간을 바라보는 시인의 태도는 상당히 다르다. 시인은
이 시에서 더욱 적극적인 시의식을 드러낸다. 시인은, 자신의 삶을 "유리
상자 안"의 삶이었다고 말하는 화자를 통하여 자유를 억압당하며 살았던
삶의 비애와 고독을 형상화하고 있다. 유리상자 속에서도 화자의 몸은 꽃
을 피워내기도 하였으나, 그 꽃은 좋은 인연을 만들어내지 못한 채 흙탕
물 속으로 떠내려갈 수밖에 없었다. 이때 화자는 모든 추억을 빼앗긴 채
자신의 이름을 잃는다. 이 세계에 존재하면서 화자와 소통했던 수많은 존
재를 명명할 수 있는 문자마저 빼앗긴 화자에게 "남은 생"이란 무모함 그
자체였을 것이다. "그"라는 폭력적인 존재는 화자에 대한 억압을 그치지
않고 화자의 팔다리를 잘라 그를 완전히 구속한다. 그럴수록 분노와 저항
의식은 더욱 거세어져서 화자는 "스테이크"를 씹으며 복수와 갱생에의 의
지를 다지게 된다.
 3연에 이르러 본격적인 저항이 시작된다. 자신을 가둔 유리 감옥을 깨
고 그 상처로 인해 몸에서 흘러나오는 피를 보면서 화자는 갱생을 향한
도전의식을 심화시킨다. 드디어 오랜 세월 동안 갇혀 있었던 유리상자로
부터 해방된 후, 화자는 잃었던 팔과 다리를 복원시킨다. 화자는 마지막

연에서 자신의 뿌리를 "묵은 뿌리"라고 지칭한다. 여기서 '묵었다'는 것은 '늙었다'는 의미라기보다는 '깊고 튼실했다'는 의미를 지니는 것으로 보아야 한다. 이 '묵음'은 이미 자신의 굴레로부터의 해방이 있은 다음에서의 '묵음'이기 때문이다. 그래서 화자는 마침내 자신의 겨드랑이가 가려워지는, 경쾌함과 가벼움의 상상력 속으로 진입하게 된다. 다음 시에서 시인의 시의식은 어느덧 자유를 향한 초월적 경지에 성큼 다가서 있는 듯하다.

> 이런 날에는
> 파도에 머리채 잡혀간 그리운 이름들
> 모래알처럼 아팠고 모래알처럼 푸르렀던 삶을 위해
> 밤이면 손가락마다 촛불 켜들고 별자리를 찾는다
> 모래알도 몸을 또르르 말고 별을 읽는다
>
> ― 「내 마음의 별자리」 부분

시인이 추구하는 "내 마음의 별자리"는 가장 순수한 원형의 공간이다. 이 공간을 회복함으로써 순수를 향한 자유 의지는 극대화한다. 화자가 바다 속을 맨발바닥으로 걸으면서 느끼게 되는 모래의 미세한 움직임은 화자의 감각을 거침없이 일깨운다. 화자는 모래알을 밟으면서 자신의 육체에서 꿈틀거렸던 감각을 인식하고 나아가 삶의 희로애락을 생각한다. 지금 화자의 삶이 지상의 "모래 한 알"의 삶과 같은 것일지도 모르지만, 그 삶은 절망이 아니라 하나의 가능성일지 모른다. 절망을 희망으로 바꾸는 인식은 바로 "더는 쪼갤 수 없이 작아져야 진주가 될 수 있다던, 뼈 속에

뼈로 남은 어머니 말씀…"에 대한 기억을 통하여 비롯된다. 바위와 돌이 부서져서 쓸모없는 모래가 된 것이 아니라, 가장 빛나고 견고한 존재가 되기 위해서 모래가 생겨난 것이다. "내 발자국 찍힐 때마다 와! 몰리는 모래들의 함성"은 부정적이었던 생각을 긍정적으로 전환시킨다. "모래알처럼 아팠고 모래알처럼 푸르렀던 삶"이라는 구절에는, 고통과 희망의 변증법을 통하여 터득하게 된 삶의 우여곡절에 대한 성찰이 보인다. 시인은 이러한 성찰을 통하여 자아 회복의 온전한 지평이라 할 수 있는 "별자리"를 찾고 싶었다.

주지한 바와 같이 김영은 시인은 이번 신작소시집을 통하여 존재의 전환과 자아 회복을 꿈꾸었다. 이번에 선보이는 시인의 시편들이 지향하는 언어는 구체적이고 감각적이었으며, 그 명징한 언어 속에서 현현하는 시의식은 한결같이 자유와 순수를 지향하고 있었다. 단조롭지 않은 상상력 속에서 시 언어와 시의식은 특징적이고 개성 있는 통일성을 보여주고 있었다. 신화와 세속, 초월과 현실의 괴리와 갈등 속에서 삶의 고통과 질곡을 경험해야 했던 시인은 마침내 삶과 죽음에 대한 진지한 성찰에 도달했던 것이다. 이 때 나타나는 김영은의 시적 태도는 비장하고 의연했다. 고통스런 기억을 피하지 않은 채, 현재적 삶의 문제를 온전히 인식한 후, 청순했던 삶의 복원을 꿈꾸고 있는 그의 시가 앞으로 지향해 나아갈 형이상학적 지평이 사뭇 궁금하다.

수성(水性)의 상상력과 성소 희구

— 정영숙 시집 『황금서랍 읽는 법』론

정영숙은 1993년 『숲은 그대를 부르리』로 등단한 이후 『하늘새』 『옹딘느의 집』 『물속의 사원』 『지상의 한 잎 사랑』 등의 시집을 간행하였으니 이번에 새롭게 편찬한 『황금서랍 읽는 법』(문학세계사, 2012)은 그의 여섯 번째 작품집이다. 정영숙은 20년에 이르는 시력 동안 어느 한시도 시심을 잃지 않은 채 깊은 사유를 통하여 개성 있는 작품 수백 편을 창작하고 발표하였다. 그의 시는 여성성을 함유한 특유의 일상성을 내재하면서도 독서와 여행에서 비롯된 체험과 공간의 확장을 통하여 이 세계 도처에 산재한 다양한 객관적 상관물을 찾아내어 그 이미지들을 서정적으로 형상화하여 매력 있는 상상력의 진폭을 보여주었다. 인간과 자연 나아가 우주에 대한 연민에서 비롯하여 그것들에 대한 투사와 동일시의 시정신을 이어나간 정영숙의 이번 시집은 다양한 물 이미지와 물의 상징으로 충만하였으며 이러한 물의 상상력을 통하여 시인은 성스러운 공간 즉 성소(聖所)에 대한 지난한 불굴의 희구를 보여주었는데 이러한 성소 역시 언제나 물 이미지와 연결되어 있었다.

궁남지 연못에서 물의 책을 읽는다

책갈피를 넘길 때는 맑은 물 흐르는 소리가 들리곤 했다 내 몸을 담
고 있는 페이지마다 물이 넘쳐흘러 노랑어리연꽃이 피어나고 때때로
물잠자리가 나도 알지 못하는 행간을 읽기도 했다 내 몸에 비친 프러
시안 블루의 하늘빛, 내 머리를 맴도는 물잠자리의 목소리가 아니었다
바람의 방향과 구름의 낯빛이 누구도 예측할 수 없는 하늘빛을 만들었
다 프러시안 블루의 하늘도 잠시, 입 다문 연꽃 봉오리가 피어나기도
전 먹구름이 몰려와 책장을 덮어버렸다

몇 번의 소나기가 지나가고 햇빛이 내리쬐어도 책은 열리지 않았다

물속에서 흰빛을 띤 누군가 내 이름을 부르고 있었다 녹슨 시간을
딛고 일어선 진흙땅에서 활짝 피어난 연꽃의 목소리였다 닫았던 책을
펼치고 내 몸에 하얀 연꽃의 목소리를 소중하게 기록했다 그 목소리는
내가 가장 듣고 싶던 내 책의 마지막 장에서 읽을 완성된 문자였다

이제 하늘빛을 마음대로 담을 수 있는 내 책은 물속에서 나오지 않
을 것이다

— 「물속의 책」 전문

궁남지 연못이 펼쳐 보이는 "물의 책"은 모성의 책이며 초월의 책이다.
그 속에는 "내 몸"이 존재하고 내 몸을 비추는 물결마다에는 "노랑어리연
꽃이 피어나고" 바람과 구름의 움직임 속에서 궁남지 연못은 변화무쌍한
하늘빛을 담고 있었다. 한권의 책으로 비유되는 연못의 물은 먹구름에 의
해서 닫히는 날도 있었지만 "진흙땅에서 활짝 피어난 연꽃의 목소리"를
통해서 다시금 열리는 시간을 맞이하게 된다. 시인은 연못 속에서 피어난

연꽃의 이미지를 "내가 가장 듣고 싶던 내 책의 마지막 장에서 읽을 완성된 문자"라고 표현하면서 궁남지 연못과의 일체감을 극대화시킨다. 연꽃의 목소리를 들음으로써 경이적 순간을 경험한 시인은 이 연못에서 찾을 더 이상의 문자가 없음을 직감한다. 궁남지 연못에서 더 이상의 책을 발견할 수 없는 시간에, 더 이상의 문자를 생각할 수 없는 시간에 시인의 상상력은 어느덧 바다를 향하게 된다.

> 더 이상 나갈 수 없는 땅 끝에서
> 여기까지 짐 지고 온 욕망의 무거운 배낭을 벗어던지고
> 절벽으로 뛰어내리고 싶은 밤
> 맑은 남해 바다를 퍼다 담은 술을 마신다
> 머루 같은 눈알을 굴리고 있는 순한 눈의 그를 보며
> 그가 펼쳐놓은 무심의 바다를 맘껏 헤엄친다
>
> ―「그의 바다를 읽다」 부분

연못의 물은 강으로 흘러갈 것이고 강물은 언젠가 넓디넓은 바다에 닿을 것이다. 바다에 닿은 시인의 상상력은 무욕(無慾)의 시정신과 이어지면서 광활한 세계에 대한 비전을 함의한다. "더 이상 나갈 수 없는 땅 끝"은 시인의 존재가 맞이하는 한계상황인 동시에 그 한계를 뛰어넘을 수 있는 가능성의 공간이다. "욕망의 무거운 배낭"을 버리고 "절벽으로 뛰어내리고 싶은 밤"의 시간이 지니는 의미는 이 "땅 끝"의 공간이 지니는 의미와 일맥상통한다. 무거운 몸으로 중력을 극복하며 절벽을 오른 상승적 욕망과 절벽에서 바다로 뛰어내리고자 하는 하강적 욕망이 동시에 존재하는 이 작품은 정영숙이 지닌 내면의식의 입체성을 여실히 보여준다. 그러

므로 여기 있는 투신(投身)의 욕망은 죽음 자체에 대한 욕망이 아니라 상징적 죽음을 통한 초월과 합일의 욕망이다. 이때 죽음은 비극적인 의미를 희석시키고 유희(遊戱)로서의 의미로 나아가게 될 것이다. 죽음을 향한 욕망 즉 타나토스(tanatos)가 생명력 넘치는 남해 바다를 퍼다 담은 술을 마시는 행위 즉 에로스(eros)를 탄생시키는 상상력에 이 작품의 묘미가 있다. '생명의 술'로써 '죽음의 욕망'을 승화하는 과정에서 남해 바다는 "무심의 바다" 즉 시인이 지향해온 '무욕의 바다'가 되었다.

1300도의 화덕에서 새겨지는 도자기의 무늬처럼

칼바람이 버들잎을 얼음관 위에 새겨놓고 있었다

얼음이 녹으면 사라지고 말 빈 말들을

얼음관 속에 채우고 있었다

초록 풍경에 갇혀 죽은 듯이 누워 있는

흐르지 못하는 슬픈 사랑을 보았다

지난 가을 일어서 가던 강물이 다시 돌아와 눕는 것을

하얀 얼음을 관삼아 꼼짝 않고 누워 있는 걸

영하 15도의 겨울 분원리에 가서 보았다

-「겨울 팔당호」 전문

시인은 영하 15도의 시공 속에 갇힌 겨울 팔당호가 얼어 있는 모습을 "얼음관"으로 은유하였다. 얼음관 속에서 갇힌 채 흐르지 못하는 강물은 "슬픈 사랑"이 되었고 그것이 지닌 이미지는 "1300도의 화덕에서 새겨지는 도자기의 무늬"를 닮았다. 그러나 움직이지 못하는 물인 얼음은 다만 움직이지 않고 있을 뿐 생명력은 상실한 것이 아니다. 그 속에 갇힌 "슬픈 사랑" 역시 현재적으로는 비극적인 것일지라도 영원한 비극이 아닐 것임을 시인은 알고 있었을 것이다. 시인의 기억 속에는 "지난 가을"의 형상 또한 아로새겨져 있기 때문이다.

이 시에 나타난 자각과 성찰은 "무너미 입구에서 귀를 막고 서 있는 수양버들을 보았다 봄이면 윤기 나는 연초록 머리를 강물에 담그고 강물과 소통하던 수양버들이 빈 가지로 서서 꽁꽁 언 강물만 멍하니 바라보고 있는 걸 보고서야 요즘 가슴에 자주 통증이 오는 이유를 알았다"(「마음의 귀를 닫다」 부분)라는 깨달음과도 이어질 것이다. 이 지점에서 "깊고 지극한 마음만 있으면 눈과 귀는 없는 것과 같다"라는 『열하일기』의 한 구절이 지닌 의미가 살아날 것이다. 삶의 우여곡절 속에서 오래 닫아 놓았던 마음의 귀를 활짝 열어놓았을 때, "허공을 붓질하던 새의 기억"이 가져온 "대웅보전이 내뿜는 흰빛의 적요 속으로 사라지고 있는 금빛새의 울음소리"(「관음조(觀音鳥)」 부분)도 제대로 감지할 수 있을 것이며 "당신과 나를 이어주는 영원의 문"도 온전히 보게 될 것이다. 마음가짐에 따라 겨울이 봄이 되고 봄이 겨울이 되는 '일체유심조(一切唯心造)'의 진리가 이번 시집 곳곳에 배어 있었는데 이 점을 다음 시에서도 확인할 수 있다.

세상의 온갖 잡동사니들이 몰려오는

해안선의 뻘 속에서 뿌리를 내리는 맹그로브

진흙투성이에서 몸을 풀어
새끼를 줄줄이 낳아 기르며

세상의 쓴맛 단맛 다 보며 그 속에서
저 혼자 깨우치는 나무

진흙 속이 천국이라 믿고
진흙 속에 팔을 벌려 죄 안다 보니

어느새 푸른 바다가 그의 몸이 되고
그의 몸은 진흙을 걸러내는

맑은 성소가 된

—「성소」전문

'맹그로브'는 주로 열대지역 해안의 진흙지대에서 자라는 식물 군락이다. "진흙 속"을 삶의 터전으로 여기면서 살아가는 맹그로브는 존재 자체가 역설적이다. 맹그로브는 청정한 물속에서 자라는 수중식물도 아니고 비옥한 대지를 터전으로 삼은 위세 좋은 낙락장송도 아니기에 그것이 주는 생존의 의미는 더욱 핍진하게 다가온다. 맹그로브가 뿌리를 내린 진흙 세상은 "세상의 쓴맛 단맛"이 공존하는 공간이다. 시인은 이곳에서 입니(入尼)의 천국을 찾아 스스로 "푸른 바다"의 몸이 되어 생장하는 나무의 삶에서 초월적이고 성스러운 의미를 읽는다. 이 맥락에서 정영숙 시인이 추구하는 성(聖)과 성소(聖所)의 의미를 파악할 수 있다. 시인은 풍찬노숙의 삶, 우여곡절의 세속을 회피하지 않는 고난의 한 가운데에 참다운 성소가 열릴 수 있다고 생각한 것이다.

"지금껏 햇빛 한 아름 안아보기 위해 물속에서 웅크리고 녹슨 꿈을 꾸었다."라는 「시인의 말」에서도 물 이미지 속에 깃든 소망의 세계를 감지할 수 있겠다. 여기 "녹슨 꿈"은 쓸쓸하면서도 환한 꿈일 것이다. 그리하여 시인은 "얼마나 더 쓸쓸하고 얼마나 더 오래 아파야/하늘의 은총처럼 내려오는 너를 온전히 안을 수 있을까?"라고 하였으니 이 아픔의 시간 자체가 "너"가 되는 순간에 이르러 시인이 찾는 성소는 온전히 열릴 것이다. 정영숙이 오랫동안 추구한 '세속과 탈속을 겸비한 물'의 상징체계는 그가 스무 성상(星霜) 동안 쉼 없이 빚어온 애틋한 작품들이 깃든 성소가 될 것이다.

정갈한 성찰과 시원의 그리움

— 이인자 시집 『새의 덧신』론

1.

『새의 덧신』(시안사, 2012)은 1996년 『현대시학』으로 등단한 이인자 시인의 첫 시집이다. 등단한 지 16년 만에 내는 첫 시집인 점을 생각해보니 시인이 지향한 절제의 미덕을 가히 짐작할 만하다. 오랜 세월 동안의 절차탁마 속에서 건져 올린 예순 편 남짓한 작품들 모두에서 언어 세공의 정성과 시적 사유의 정밀함을 발견할 수 있었기에 그의 시에 거는 믿음 더욱 두텁다. 추리고 추린 소중한 작품들을 모은 이번 시집은 아름다운 일상과 아련한 추억의 시공간(時空間)을 근간으로 하면서 정갈한 이미지와 상징을 통하여 완성도를 높이고 있는 감칠맛 나는 작품들로 구성되어 있다. 세련되고 감각적인 이미지와 풋풋한 상징, 절제된 호흡으로 엮은 정갈한 주제의식 속에서 이인자 시인의 시는 비로소 완성되었다. 지나친 난해성과 모호성을 지닌 최근의 모더니즘과는 거리를 두면서도 이인자 시인의 시는 경쾌하고 재기발랄한 사유의 원심력을 통해서 그만의 젊은 감각을 한껏 내뿜고 있었다.

　이인자 시인이 지향하는 상상력의 근간은 생활인의 공간이며 그의 상상력은 일상적 공간에서 추억의 공간으로, 다시 추억의 공간에서 시원(始原)의 공간으로 뻗어나가고 있었다. 그의 시에 나타난 맛깔스러운 이미지와 간결한 어조는 일상, 추억, 시원으로 이어지는 세 공간 모두에 잘 조화되고 있었으며 또한 이러한 이미지와 그 이미지의 순환 속에서 현현하는 상징들을 살펴보면 이인자 시인이 지향하는 삶의 방법 혹은 세계관을 짐작할 수도 있었다. 초현실적인 것들과는 거리를 둔 안정적인 시법 속에서 빚어진 그의 시들은 읽은 이의 마음을 편안하게 만들고 있으며 나지막한 시의식의 울타리 속으로 독자들의 정서를 충분히 끌어들이는 데 성공하고 있었다. 또한 그의 시에 공감하며 함께 슬퍼하고 기뻐할 수 있는 이유 역시 시인이 지닌 경험의 진성성이 주는 매력 때문일 것이다.

초음파로 잡히는
별의 크기는 28mm
질량은 10그램
이제 막
우주에서 날아온 별의 꼬리가 사라지고 있었다

내 몸속에 별이 자라고 있어
거짓말처럼 거짓말처럼
스무 여러 해 살며 쌓아온 피와 살들이
별의 심장, 별의 손, 별의 발
별의 이목구비를 만들 때

비로소 우주의 샘을 펌프질하는
별의 맥박 소리를 들을 때
양수처럼 따뜻한 눈물이 터지고

아무도 모르는 이 생애의 암호를 쥐고서
태어날 나의 갓난아기 푸른 별이
이 광활한 우주 속에서
슬픈 별이 될지, 기쁜 별이 될지
이제 우주의 긴 시간을
한없이 배회하던 떠돌이별이
자기의 첫 별을 거느린
붙박이별이 될 때,
그 기쁨과 슬픔이
봄가을 별자리처럼 교차될 때

이제 하늘에 저 별은 다 가짜야
내 별이, 내 별이 진짜야

—「진짜, 별 낳기」 전문

　　이 시는 시인이 시를 발견하는 '경이적 모멘트'의 현현이 일상의 범주와
이어져 있음을 잘 보여주고 있다. 이 시에 나타난 '경이적 모멘트'는 다름
아닌 여성인 시인 자신의 임신이다. 여성에게 임신의 경험만큼 소중하고
신성한 것이 또 있을까! 그것이 첫아이의 출산과 관련된 것일 때는 더욱
그러할 것이다. 일상적 경험을 좀 더 초월적으로 인식하고자 하는 의도는
'별' 이미지를 태동시키기에 이른다. 그러나 신기하게도 여기에 등장한 중
심 이미지인 '별'은 일상을 낯설게 하는 동시에 일상을 더욱 친근하게 만

들고 있다. 일상의 발견을 통하여 새로운 이미지들을 출현시키는 이인자 시인의 창작 방법은 독특한 재치의 소산이며 그의 시는 여기에 기지를 보태어 더욱 친근하게 독자들을 감화시키고 있었다. "우주의 샘을 펌프질하는/별의 맥박 소리를 들을 때" 터져 나오는 "양수처럼 따뜻한 눈물"은 시인의 삶이 지닌 핍진성을 근간으로 두고 있었기 더욱 믿음직스러웠다.

그러기에 "슬픈 별"과 "기쁜 별"의 향방을 가늠하는 시인의 의문은 따뜻한 공감대를 형성시킨다. 태아와 별을 연결하는 소박한 재치와 은근한 익살은 "콜럼버스처럼 신대륙을 탐험하는 날/지상의 중력과 바람을 이기기 위해/푸른 줄기에 온 몸을 더욱 밀착시키고/밀려 내려오는 이슬을 헤쳐/신대륙에 더듬이를 들이미는 순간/세상 전체가 지각변동/대륙들이 무너지고/순식간에 허공으로 붕/기억이 뚝/끊겨버렸는데/쩍쩍 빗금 갈라진 여기는/붉고 희끗희끗한 여기는/어떤 신대륙인가요?"(「달팽이의 푸른 대륙」부분)에 나오는 이미지들에서도 그대로 이어지고 있음을 확인하게 된다.

2.

일상을 성찰하며 정갈한 시심의 텃밭을 가꾸어가던 시인에게 소중한 기억으로 남은 과거의 서사는 그의 마음속에서 추억이라는 이름으로 갈무리된다. 「와이퍼의 경춘교향곡」 「문예창작론시간」 「하나님과의 티타임」 「양수리 가서」 「월미도에서」 등의 작품들은 아련한 시간 속에 깃든 추억을 소재로 한 시편들이며 이 시편들은 대부분 자연 공간에 대한 인식 혹은 형상화를 담고 있다. 즉 이인자 시인이 지향한 추억의 공간은 다름 아닌 자연의 내포와 밀접히 이어진 서사 공간이었다. 자연에 관한 인식과 경험이 추억의 대상으로 발전해 나갔다는 점에서 이인자 시인의 시계가 지닌 낭만성 또한 짐작할 수 있겠다. 생의 굴곡마저 담았을 추억의 시간을, 한편으로는 정화시키고 다른 한편으로는 섬세하게 복원해내는 기억의 힘을 통해서 시인은 특유의 낭만 공간을 복원시키는 데 성공하고 있다.

봉의산 선생님
아 글쎄? 하시며 산등성이
꼭 닮은 긴 물음표로
이리 저리 내빼시고
멀리 소양강 선생님
첫 시간 첫 수업
첫 숟가락에 어디 배부르겠나
잔잔한 말줄임표로 말끝만 흐리시고
저기, 띄엄띄엄 쉼표 찍으시는
구름 선생님
쉬엄쉬엄 생각해도
늦지 않는데 왜 그리 서두르나
채근하시는 사이

아뿔싸 봄, 제비선생님
맑은 물똥 느낌표처럼 흘리면서
내일부터 마음으로 느낄 줄 모르는 놈은
아예 들어오지 말라시며
따뜻한 남쪽 오시다가 한 말씀 툭 던지시는
문예창작론 시간, 첫 수업

오늘은 이만
땡 땡

—「문예창작론시간」 부분

이 시는 고난과 역경의 과정을 거쳐야 하는 습작 시절의 경험을 유머와 위트를 통해서 재미있게 형상화하고 있다. 시인은 '봉의산', '소양강', '구름', '제비' 등의 자연물에 선생님이라는 호칭을 달아주면서 그들의 형상으로부터 문학과 인생의 참의미를 깨우치고 있다. "봉의산 선생님"은 끝없는 물음표를 달며 질문을 던져야 하는 시의 오묘함을 가르쳐주었고, "소양강 선생님"은 부단한 절차탁마의 시간과 노력이 필요한 습작기의 바른 자세를 가르쳐주었고, "구름 선생님"은 조급한 서두름만으로는 열리지 않는 문학의 길을 가르쳐 주었고, "제비선생님"은 마음으로 느껴야 진정한 시의 정신을 얻을 수 있음을 가르쳐 주었다.

시인은 이러한 자연의 상징들로부터 지고한 시의 위의, 진정성 있는 시인의 길을 배우고 있다. 자연의 형상은 시창작의 방법론뿐만 아니라 인생살이의 혜안을 가르쳐준 것이다. 작품의 주제가 지닌 진중함에도 불구하고 이 시의 어조는 발랄하며 이미지 또한 경쾌함을 지니고 있다. 이인자 시인은 문학과 인생의 무거움마저 재치 있는 상상력을 통해 유쾌하게 형상화할 줄 아는 특별한 미덕을 천부적으로 지니고 있음을 「문예창작론시간」은 섬세히 입증해 주었다.

공지천 호수가
하나님의 커피 잔이라고

삼월 꽃발, 내리는 눈은
한 스푼 두 스푼으로는 평생 헤아릴 수 없는
확 풀어헤친 한 자루 프림 가루처럼
소복내리다, 살살살
녹는다
하나님의 프림 가루로 선택된다는 것은
티타임을 갖는 것만큼이나 쉽지 않은 일
하나님은 프림만 풀어대시며
무슨 말이든 해보라고 다그치신다
사실 각설탕처럼 뽀로통하게 삐쳐있는
불만들이 어찌나 많은지
단번에 확, 프림 자루처럼 쏟아버릴까 하다
이곳, 지금 나 있는 곳에서
아무리 헤엄쳐도
하나님 커피 잔 속

—「하나님과의 티타임」 부분

　이 시의 소재 역시 '공지천'이라는 춘천의 자연공간이다. 시인은 "각설탕처럼 뽀로통하게 삐쳐있는 불만"을 안고 그 세상의 불만으로 인해 상처 받은 마음을 위로받기 위해 지금 공지천에 와 있다. "무슨 말이든 해보라고 다그치"는 공지천 호수 앞에서 '공지천=하나님의 커피잔'이라는 재치 있는 은유를 생각해낸 시인은 커피물이 각설탕을 녹아내리게 하듯이 세상사의 근심을 조끔씩 덜어내고 있다. 세상의 근심을 "프림 자루처럼" 쏟아버리는 것이 무망(無望)한 일임을 안 시인은 '인생사=하나님 커피 잔 속'이라는 깨달음을 통해서 체념이 깃든 특유의 위로에 도달하게 된다.

　"삼월 꽃발, 내리는 눈", "한 자루 프림 가루", "각설탕" 등은 모두 물에 쉽게 녹아내리는 존재들이다. 마음속에 존재하는 불만과 걱정들도 이런 사물들처럼 삼월의 시간 속에서 녹아 사라지기를 바라는 소박한 마음가짐은 절대자와 대면하는 자가 지녀야 할 겸허한 태도로 이어지고 있다. 삶의 우여곡절과 근심걱정을 안은 채 삼월의 늦은 눈이 내리고 있는 공지천 앞에 선 시인은 그 순수와 겸손에 힘입어 마음 속 상처와 불만들도 눈처럼 조금씩 녹아내리고 있음을 스스로 느끼고 있을 것이다.

「하나님과의 티타임」에서 선보인 삶의 여유와 그 여유 속에서 얻은 해학과 기지는 마침내 "내 삶의 양지와 그늘은/지금 조류(潮流)와 같아/그늘의 기억들이 썰물처럼 밀려 나가면/다시 양지를 찾는 밀물이 몰려들고/그사이/성냥갑 같은 외항선은/수평선 위로 목울대까지 차오른다/그랬었구나./지구가 둥글다는 것/그늘과 양지도 순환할 수 있다는 것/인천 항구가 가르쳐준 천체 원리"(「월미도에서」 부분)에서 체득한 삶의 원리에 이어질 것이다.

3.

이인자 시인은 오래된 것들에 대해 많은 관심과 애정을 지니고 있었다. 시인에게 오래되어 낡은 것들은 버릴 것이 아니라 더 소중하게 간직해야 할 대상이었다. 시인은 인공적인 것보다는 자연적인 것, 화려한 것보다는 소박한 것, 현대적인 것보다는 전통적인 것에 더 많은 관심을 기울였다. 이러한 오래된 세계에 대한 순수한 형상화를 통해서 시인은 시원(始原)을 향한 그리움의 상징 세계로 나아가게 된다. 「오래된 장롱 아래」 「빗살무

늬토기」「청동거울」「어느 움집에서」「새의 덧신」 같은 작품에서 이러한
경향을 확인할 수 있다.

     강물과 강물 사이
     전생과 후생 사이
     모래둔치의 빗살무늬 상처들
     빗살무늬 토기 같은 나의 전생

     수만 번의 바람이 불었다 잠잠해지고
     잘게 잘게 부서진 모래알들이
     흔적도 없이 사라졌다, 다시 생겨났던
     까마득한 전생의 나날 속에
     한때 내 몸속에
     빗살무늬 상처를 내던 사람

     한 줄 두 줄 읽어도 알 수 없는
     그 상처, 은밀한 상형문자처럼
     다음 세상 어디쯤에서
     다시 만나자는 약속이었을까?
     전생의 모래알 같은 기억들
     샅샅이 뒤져도
     기억나지 않는 사람
     잠시 잠깐, 모래 둔치 위에
     나를 꽂아놓고 사라진 사람

     영영 돌아오지 않는

                             — 「빗살무늬 토기」 전문

'빗살무늬 토기'는 신석기시대를 중심으로 유행한 진흙 그릇이다. 이 토기는 물고기 뼈 모양과 흡사한 빗살무늬가 있기 때문에 이 명칭을 얻게 되었다. 이 문양은 다분히 기하학적이어서 이것이 지닌 의미에 대한 해석이 분분하였다. 주로 강가나 바닷가에서 '빗살무늬 토기'가 발견되고 있는 점도 주요한 특징으로 지적되는데 이는 뾰족한 토기의 끝을 모래에 꽂아서 사용한 점과도 관련된다. 이 시의 소재인 '모래둔치의 빗살무늬 토기' 역시 빗살무늬 토기의 일반적 특징을 잘 보여준다.

시인은 빗살무늬 토기의 무늬를 사랑의 상처로 인식하면서 스스로 빗살무늬 토기가 되는 상상을 통하여 자신의 "까마득한 전생의 나날"을 떠올린다. 나아가 "나의 전생"에 깃든 인연과 약속을 상상하는 시인은 "기억나지 않는 사람"을 간절히 그리워한다. 즉 빗살무늬 토기의 무늬와 그 빗살무늬 토기가 꽂힌 강가의 모습을 떠올린 시인은 자신의 삶이 기억할 수 없는 멀고 먼 시원의 시공과 그 시공에 얽힌 연인을 그리워하게 되었다. 미지의 세계 속에 깃든 전생의 인연에 대한 그리움은 아련함을 넘어서 신비감을 자아내고 있다. 이 시의 '빗살무늬 토기'가 지닌 초월적 이미지는 다음 시에서 '푸른 녹이 슨 청동거울'로 이어진다.

> 푸른 이끼처럼
> 녹이 슨 청동거울 하나
> 그 깊이를 가늠할 수 없는
> 저수지의 한 조각처럼
> 흐르는 시간을 가두며
> 한없이 어둠을 괴고 있네

문자도 없던 시절
오지 않는 남편을 기다리던 여인
제 모습을 비추며
새로운 영혼이라도 다시 만나듯
홀로 어둠을, 기다림을 잠재웠을지 모를
그런 전설 하나 담겨 있지 않을까

다뉴조문경, 다뉴조문경
청동거울의 그 이름
불경처럼 부르면
갇힌 어둠에서 서서히 떠오르는
낯선 여자의 이목구비

— 「청동거울」 전문

　"문자가 없는 시절"의 사랑과 기다림을 담은 청동거울이 형상화하는 전설의 시간을 통해서 시원의 세계를 추억하는 시인의 시의식은 구체화한다. 비천함으로 가득한 현실의 울타리를 넘어설 때 "가늠할 수 없는" 영원의 시간은 열릴 것이다. 이러한 초월적 시간을 향한 상상력은 이인자 시인의 첫 시집이 지닌 궁극적인 지점이다. 현실의 비루함과 지루함 속에서 생활인과 작가라는 양면성을 동시에 지닌 채 살아가는 시인은 일상적 경험을 통하여 성찰의 내면의식을 지향하는 한편 성찰의 대상을 추억의 공간으로 향하게 하였으며 나아가 초월적 상상력을 통하여 신화적 지평을 향한 꿈을 구체화시켰던 셈이다.

　시원을 향한 시인의 상상력은 오래된 시간의 찬란함을 머금은 채 소박하고 순수하다. 이러한 소박함과 순수함을 근간으로 하여 시심을 확충시켜 나아갈 때 이인자 시인의 작품 세계는 "사냥을 떠나기 전날 밤/돌화살촉을 다듬고 또 다듬던 날/닳아지는 건 돌뿐이 아니라,/떠나보내는 마음도 함께 일 텐데/어느 짐승의 먹이가 되었는지/꽁꽁 얼어붙은 후빙기를 지나도록/다시는 돌아오지 않았던/내 생애 첫 번째 남자를//다시 만났다. 암사동 선사 유적지/어느 움집에서"(「어느 움집에서」 부분)에 나타난 전생의 첫 사랑과도 같은 애틋한 시심으로 넘쳐날 것이다.

"누군가 이 안에 머물다/시 몇 편 아니, 몇 줄/오래 기억해 준다면/아무 욕심 없이 행복하리라"(「시인의 말」 부분)라고 말하는 순정한 시정신을 지닌 이인자 시인이 "언 발 위에/또 다른 언 발을 얹어/비비고 또 비벼도/더욱 먹먹해지는/언 발들의 슬픔"을 깊이 품고 "털실뭉치 같은 태양/눈부신 햇빛/그 빛 한 줄 풀어/덧신 두 짝 떠서/새들과 나누어 신고 싶"(「새의 덧신」 부분)은 진심 어린 인정까지 잃지 않은 채, 고고한 시의 위의와 청초한 시심을 영원히 간직하는 참다운 시인으로 굳건히 남을 것임을 확신하는 바이다.

무상과 실존의 시학

— 한정원의 신작시

　한정원 시인은 1998년 등단한 이후 『그의 눈빛이 궁금하다』(시와시학사, 2003) 『낮잠 속의 롤러코스터』(시평사, 2005) 등 2권의 개성 있는 시집을 간행한 바 있다. 그가 새롭게 엮어 놓은 이번 신작소시집은 10년의 짧지 않는 시력을 정리하면서 제3시집으로 향하는 도정의 이정표 역할을 하는 듯하다. 이번 신작시들을 읽으면서 가장 먼저 든 생각은 그의 시가 이전의 시세계와는 어느 정도 차별되는 지점으로 나아가고 있다는 것이었다. 특히 이번 신작시들은 그동안 그가 추구해온 일상성 혹은 여성성을 아우르는 동시에 삶과 죽음을 넘나드는 몽상과 사유를 통하여 이 세상의 허무를 초극해 보고자 하는 실존적 시정신을 구현하고 있었다. 이는 그의 시에 새로운 형이상학적 깊이가 더해지고 있음을 증거하는 것이었다.

　이번 작품들 속에 나타난 의미망은 이 세계의 이면을 구성하고 있는 죽음, 질병, 우울, 몽환, 어둠 등의 이미지와 적절히 어울리면서 끊임없이 변화하는 무상한 세계에 대한 대응 의지를 담고 있다. '생로병사(生老病死)'라는 사고(四苦)로부터 자유로울 수 없는 인간 삶의 근원적 중력성(重

力性)에 대한 인식에 근간을 둔 한정원의 이번 신작시에 파고든 가장 중요한 시의식은 '죽음의식'이었다. 죽음의식이란 죽음에 대한 의식만을 뜻하는 것이 아니다. 삶과 죽음의 좌표가 한 몸처럼 움직이듯이 죽음의식은 인간 삶과 우주에 대한 철학을 담을 수밖에 없다. 높은 성취를 이룬 많은 시인들의 작품 속에 깊은 죽음 이미지가 출몰했던 것은 이 때문이다.

> 새벽 두 시, 미지근한 마룻바닥에서
> 노란 삼베 나비 리본을 가슴에 달고
> 잠이 들었습니다.
> 노란 삼베 완장을 팔에 차고
> 육개장을 먹었습니다.
> 그래도
> 배는 고파왔고 잠은 쏟아졌습니다.
> 목소리는 커졌고 친구들의 이름은
> 선명하게 기억났습니다.
> 노란 삼베 상장(喪章)을
> 나는 금테가 박힌 상장(賞狀)으로 알았나 봅니다.
> 노란 삼베 완장을 견장으로 알았나 봅니다.
> 꿈속에서 아버지는 나비가 되었고
> 삼베나비, 모시나비가 되어
> 구멍 숭숭 뚫린 날개를 달고
> 경기도 여주로 가볍게 날아가셨습니다.

—「상장(喪章)」 전문

이 시는 아버지라는 존재의 소멸과 관련되어 있다. 육친의 장례식을 치르는 과정 중에 있는 화자는 "노란 삼베 나비 리본"과 "노란 삼베 완장"을 한 채 배가 고프고 졸음이 오는 자신을 바라보면서 죽음을 대하는 사람들의 이중적 태도를 인식한다. 살아남아 있는 자손들은 육친의 죽음을 슬퍼하면서도 그 죽음을 완성시키는 절차를 냉정하고 주도면밀하게 진행시켜 나간다. 화자는 그래서 상장(喪章)을 상장(賞狀)으로, 삼베 완장을 견장으로 인식하고 있을지 모르는 자신을 의심해 보기도 한다. 이러한 역설 속에는 죽음을 삶의 한 과정으로 수용하려는 태도가 개입된다. 다가오는 죽음을 앞두고 요양원에서 말년을 보내고 있는 '가족 혹은 이웃'에 관한 이야기를 담고 있는 「요양원 소식」이라는 작품에서도 이러한 시의식은 나타난다. 요양원의 노인들은 얼마 안 있어 망자가 될 것이다. 망자는 죽어서 사라지게 되지만 그 자손들은 장례 절차를 통하여 더욱 뚜렷이 삶의 형식 속에 자리매김 된다. 죽음이 삶이 되고 삶이 죽음이 되는 역설적 치환 원리 속에서 시인은 죽음의 초월성을 인식하는 동시에 삶의 무상성을 인식하게 된다.

갑작스러운 심장마비로 인해, 지하로 향하는 계단 위에 쓰러진 노인 이야기를 담고 있는 「네크로폴리스 지하광장」이라는 시에서도 보이듯이, 죽음은 우리들의 일상 속에서 불현듯 나타나기도 하고 갑자기 사라지기도 한다. 생사의 무상함은 이 시의 사건에서처럼 실체로 나타나기도 하겠지만 상상이나 관념으로 현현하기도 한다. 시인은 우리들의 삶과 언제나 붙어 있는 죽음에 대하여 "한 노인의 쓰러진 자리만큼/죽음의 공간은 좁고 하릴없다"라고 말하는데 그 좁고 하릴없는 공간은 다음 시에서 '물 없는 욕조'라는 물체와 이어진다.

　　빈 욕조 안에 비스듬히 웅크리고 있는

이 남자
넥타이도 안 풀고 양말은 신은 체
무엇을 하고 있나
이십년도 넘게 껴입고 잠들었던
두꺼운 개버딘 양모 상하 한 벌
욕조 위에 장막을 치고 잠들어 있네
소리치면 오직 메아리로 돌아오는 목소리
그 무거운 옷을 벗기려고
그 무의미한 메아리 없애려고
모든 문의 잠금장치를 떼어버렸는데
방음 장치가 잘 된 이 남자
방수처리가 잘 된 이 남자
거품으로 가득한 몸을 이끌고
손톱도 없이 발톱도 없이
둥둥 떠있는 발자국 소리만 큰
이 남자 밖에서만 소통이 잘되는
그 발자국 소리에 놀라는
자물쇠를 들고 있는
거품의 시간들

                                  — 「욕조 안의 남자」 전문

  이 시의 주인공인 한 남자는 물 없는 빈 욕조 안에서 피곤에 지친 듯이 웅크리고 앉아 있다. 그가 지금 "넥타이도 안 풀고 양말은 신은 채" 취하고 있는 비정상적인 행동은 고단한 일상으로부터의 벗어남을 위한 행위이다. "무거운 옷"을 벗고 "무의미한 메아리"를 없애기 위해서 모든 문의 빗장을 풀어놓은 그는 "거품으로 가득한 몸"을 하고 있다. 즉 그는 물 한

방울 묻히지 않은 채 온몸이 거품이다. 거품이란 전체가 물이기도 한 동시에 전체가 공기이기도 하다. 그러나 거품이 사라지면 공기는 바람이 되어 하늘로 날아가 버리고 물은 바닥으로 스며들어가 버린다. 거품이 이처럼 허무한 것이듯이, 오랜 세월 동안 "두꺼운 개버딘 양모" 양복을 하고 부지런히 살아온 '욕조 안 남자'의 삶도 덧없긴 마찬가지일 것이다. 철저한 "방음 장치"와 "방수처리"에도 불구하고 자신의 "발자국 소리"에도 놀랄 수밖에 없는 남자의 모습은 아무리 발버둥 치며 열심히 살더라도 죽음과 소멸을 비껴갈 수 없는 우리 모두의 일생을 상징한다. 그러므로 이 시에는 짙은 허무의식이 배어 있다. 이 허무의식은 다음 시에서 '시간과 육체의 불구성'이라는 화두를 통해서 더욱 구체적으로 나타난다.

시간의 불구성을 인정한다
결국 뼈가 문제다
날개가 아니다
테플론 막 지붕을 통과하지 못하는
부전나비 한 쌍
머리를 부딪치고 몸통을 비벼보다가
절룩거리며 걷고 있는 내 앞에 멈춰있다
함평에 내가 내려갔던 것인지
놀이마당으로 함평이 올라왔던 것인지
객석에 앉지 못하고 지루한 꿈을 꾼 것인지
단단한 철제 돔 밖에서
꺾인 날개를 들여다보고 있다
한바탕 놀고 난 석양의 조도 아래서
육체의 불구성을 받아들인다

몸이 일어나기 전 마음이 먼저 깨어나지만
가면을 쓰고 하루살이처럼 쓰러지는
이생의 춤마당에
눈 시린 천정을 뚫고 헌사하려 했던
나비의 시간들
융단 날개는 쓰라린 가루로 부서지고
철제 돔 사이사이 꼼짝 않고 버티고 있는
뼈대들의 울림이 공터로 깔린다

— 「철제 돔(Dome) 앞에서」 전문

이 시의 분위기는 사뭇 애잔하다. "절룩거리며 걷고 있는" 화자가 바라본 대상은 "테플론 막 지붕" 아래에 갇힌 부전나비 한 쌍이다. 화자의 불구성은 꺾인 날개를 지닌 나비의 불구성과 이어지며 이들 양자의 불구성은 시간의 불구성 아래 고스란히 함께 놓이게 된다. 화자가 함평의 나비 축제라는 과거의 시간과 부전나비 한 쌍이 파닥이는 현재의 시간을 몽상으로 넘나들 수 있었던 것 역시 시간의 불구성 때문일 것이다. 그러므로 이 시의 첫 행에서 비장하게 토로하며 인정하는 시간의 불구성은 어쩌면 하나의 가능성으로 시인에게 수용되었을지 모른다. 과거와 현재를 오가는 호접몽(胡蝶夢) 속에서 화자 자신의 육체적 불완전성은 어느 정도 극복되고 있는 것이다.

시인의 상상력은 여기에 머물지 않고 "가면을 쓰고 하루살이처럼 쓰러지는 이생의 춤마당"이라는 어구를 통하여 더욱 넓은 초월의 지평으로 나아가게 된다. 결국 인간의 삶이란 기나긴 우주적 시간에 비하면 찰나에 불과한 것일진대 지금 화자가 경험하는 나비의 시간은 오죽하겠는가! "한

바탕 놓고 난 석양"에서 머뭇거리는 화자는 특이한 경험을 통하여 실존적 시간을 체험한 것이다. 인간의 삶조차 하루살이의 그것처럼 순간적이고 허무한 것이라면 우리는 살아 있는 모든 시간을 경건하게 맞이해야 할 것이다. 이와 같은 맥락에서 이국적 체험과 관련된 「해변 없는 바다」 「말 달리자고?」 등에 관한 시의식을 가늠해 볼 필요가 있을 것이다.

> 나는 이해받지 못하고 떠났기 때문에
>
> 귓속에 날갯짓 소리가 남아 있었기에
> 새들이 보였다
> 새로 도착한 새들이 날개를 접고 있었다
> 가마우지와 갈매기가 쌓아놓은
> 조분석(鳥糞石)으로 하얗게 굳어진 섬
>
> 나보다 먼저 와서 질문하고 돌아간
> 그의 발자국이 지워지고 있었다
> 새들은 왜 페루에 가서 죽는지
> 그 섬은 어디쯤인지 물었을 것이다
>
> ─ 「해변 없는 바다」 부분

이 세상을 향한 시인의 화두는 이국의 낯선 도시에 와서도 멈추지 않는다. 또한 이 질문은 궁극적으로 시인 자신을 향하고 있음을 "나는 이해받지 못하고 떠났기 때문에"라는 구절에서 확인할 수 있겠다. 세상을 향한 질문이 나 자신을 향하고 있을 때 그 질문의 해답은 쉽게 찾을 수 없다. 그래서 화자는 "나보다 먼저 와서 질문하고 돌아간/그의 발자국이 지워지고" 있다고 말한다. 자연과 우주가 인간에게 제시할 수 있었던 해답 역시 이미 사라지고 없었던 것이다. 그래서 새들의 죽음에 관한, 그 섬의 존재론에 대한 간절한 물음은 영원히 지속될 수밖에 없다. 그 질문의 무한 영속성 위에 "차마고도(茶馬古道)"라는 상징적 공간이 자리 잡는다.

차마고도(茶馬古道) 가는 길
너에게 갈 수 없던 길
그 깊은 강물 건널 수 없어
물비늘 바라보며
부서진 물길을 걸어갔다
두 개의 도르래를 단 밧줄로
공중에 길을 매단다
긴 속눈썹으로 울면서
말은 갈기마저 쓰러뜨리고
네 발을 흔들며 허공에서 발버둥 친다
하늘과 땅 사이에는
언제나 깊은 늪이 있어
슬픈 눈으로 빠져드는
어린 말이 산과 산을 건너
이웃 마을에 당도한다
누가 말달리자고 했나?
오, 크라잉 넛
울부짖는 녀석들
어떻게 말달릴까
퉁퉁 부은 뒷다리에 고름 맺힌
차가운 말들의 행로, 대륙의 그늘
'다와'는 돈을 벌기 위해 동충하초를 캐러갔고

'리가와'는 돈을 벌어 고향으로 돌아갔다
순례자를 따라가는
말의 무릎, 발목, 바위가 된 등뼈
말 달리자, 말 달리자
묶인 네 발을 풀어주고
고름을 빼주고 민트향을 뿌리며
눈발 쌓이는 다섯 해의 겨울을 지나가자

— 「말 달리자고?」 전문

이 시의 주요 공간인 "차마고도(茶馬古道)"는 시인의 실존이 다시금 확인되는 상징적 매개물이다. 이 공간의 상징성, 그 자체가 중요하기 때문에 차마고도 체험의 직접성 유무는 그다지 중요하지 않다. 이 길은 "해변 없는 바다"(「해변 없는 바다」)의 길과도 이어지며, "철제 돔(Dome) 앞"(「철제 돔(Dome) 앞에서」)의 길과도 통한다. 이 길은 "두 개의 도르래를 단 밧줄"로 매단 '공중의 길'이며 "하늘과 땅 사이"에 있는 '늪 같은 길'이기에 세속의 수많은 길과는 어느 정도 구별된다. 그러기에 이토록 높고 오래된 길을 오가면서 살아가는 많은 사람들은 어떤 이력의 소유자라고 할지라도 이미 순례의 삶을 살고 있는 셈이다. 그래서 이 시의 상상력이 "순례자를 따라가는 말의 무릎, 발목, 바위가 된 등뼈"에 다다르는 것은 자연스럽다. 화자는 "말 달리자, 말 달리자"라는 반복을 통하여 순례자의 초월적 삶에 대한 동경을 암시한다.

한정원 시인이 새롭게 펼쳐 보인 이번 작품들은 삶과 죽음을 넘나들고 세속과 탈속을 오고가는 다양한 상상력의 진폭을 아낌없이 보여주었다. 육친의 죽음, 가족의 절망, 자아의 불구성, 초월적 순례 등의 주제로 집약

되고 있는 몽상과 상상을 통하여 시인이 궁극적으로 지향하고 있는 것은 자신의 실존에 대한 확인이다. 한정원은 자신의 삶에 대한 성찰을 통하여 인간 삶에 대한 고민을 하였고 그 고민 끝에서 다시금 자연과 우주의 시공 속에 깃든 비극성을 감지하였다. 숨길 수 없는 허무의식과 냉소적 시선은 이 비극성에 대한 시인의 일차적 대응이었다. 그러나 그 비극성을 뜨겁게 껴안아 보려는 포용의 상상력 역시 피해갈 수 없는 화두였다. 이번 작품들이 보여주는 이미지와 상징들이 서늘하면서도 뜨겁고, 그 주제의식이 절망적이면서도 낙관적인 이유가 여기에 있을 것이다. 요컨대 무상한 세계에 대한 실존적 성찰은 이번 작품들을 관통하는 가장 중요한 맥락이었다.

고독한 신생을 위한 낭만의 시정신

― 전서은 시집 『버스는 눈물로 굴러간다』론

전서은의 첫 시집 『버스는 눈물로 굴러간다』(시평사, 2009)는 과거와 현재를 절묘하게 오고가는 다채로운 기억의 감성들로 가득 차 있다. 시인이 펼쳐 보이고 있는 다양한 기억 속에는 독특한 서사 구조와 실감나는 이미지들이 존재한다. 시인은 자신이 살아온 생의 순간순간마다에 예민한 감각의 촉수를 드리우면서 그것들을 형성화하는 데 심혈을 기울여서 작품의 완성도를 높여나갔다. 사랑과 이별의 회한 속에서 존재론적 고독을 서늘하게 인식한 시인은 원형공동체에 대한 그리움과 낭만적 세계를 향한 초월의식을 통하여 시적 진폭 또한 확대해 나가게 되었다. 이 무상(無常)하고 가련한 세상을 단숨에 끌어안는 경쾌하고도 날카로운 시적 발화가 인간·사물·자연에 대한 서정적 인식 형성에 기여하는 과정 속에 전서은 시인의 문학적 성취가 존재한다.

1. 이별과 고독의 감성적 인식

전서은 시인이 이루어놓은 시세계의 단초를 이해하기 위해서는 먼저 사랑과 이별이 부침하는 인생사에 관한 감성적 인식이 담긴 시들을 논의해 볼 필요가 있다. 이러한 시들은 연시(戀詩)적인 성격을 지니면서도 그 속에는 인생 질곡에 대한 투시와 통찰이 담겨져 있다. '객관적 상관물'을 통하여 나타나는 감성은 생래적인 시심으로부터 비롯되었다. 자칫 빠질 수 있는 감상주의를 잘 비켜 가면서 이루어 놓은 경구 같은 시편들은 실감 있는 마음의 울림을 동반한다. 전 시인은 이러한 종류의 작품들을 통하여 '서정시인'으로서의 자질을 연마하였다. 그 대표적인 작품들이 「황혼」 「군자역에서」 「군자역에서2」 등이다.

> 젖은 낙엽같이
> 질펀한 인연인 줄 알았는데
> 그냥 보내주라고
> 하늘이
> 희끗한 머리 위에
> 붉은 눈물 떨구어주는 이 저녁
>
> — 「황혼」 전문

이 시는 아주 맛깔스럽게 응축된 시상을 보여주고 있어 잠언 같은 느낌마저 준다. 여기의 "황혼"은 '인생의 황혼'이라는 의미와 '하루의 황혼'이라는 의미와 '사랑의 황혼'이라는 의미 등을 다중적으로 지닌다. 이 시는 인생과 자연과 우주의 모습 속에 깃든 순환론적 세계관을 내포하여 보여주는데 이것은 불변의 진리이기에 생성과 소멸의 이법(理法) 앞에서 너무 연연할 필요가 없음을 시인은 잘 알고 있었다. 그럼에도 불구하고 생로병사를 경험하면서 살아가는 인간 존재로서는 이러한 절대 진실 앞에서 "붉은 눈물"을 떠올리지 않을 수 없었을 것이다. "그냥 보내" 주든 '그냥 보내 주지 않든' 간에 사랑 끝에 오는 이별은 모든 인생에서 가슴 아픈 인연의 서사일 수밖에 없다.

> 나는 별책 부록처럼
> 그의 등 뒤만 바라보며
> 강가를 흘러왔네
> 꿈에서 깨어날 시간
> 그는 저쪽 강가에서 머물고
> 나는 이제 환승하네
> 내 몸의 꽃잎 다 떨어져
> 저 깊은 강을 건너가네

— 「군자역에서」 전문

이 시집에는 「군자역에서」 「군자역에서2」 「군자역에서3」 등 군자역에 관한 3편의 시가 수록되어 있다. 서울시 광진구 소재 전철역인 '군자역'이 5호선과 7호선의 환승역이라는 점, 그 근처에 중랑천이 한강을 향하여 길게 흐르고 있다는 점 등이 시상의 매개가 된 듯하다. 위 시는 여러 측면에서 '군자역 시편' 중의 대표격인 작품으로 이별 상황에 접한 이의 심정을 애틋하게 형상화했다. "별책 부록"이라는 직유에서 보이듯 자신의 삶을 방외인적(方外人的)으로 인식한 화자는 "저쪽 강가"에 머물고 있는 "그"를

놓아둔 채 뼈저린 "환승"의 절차를 어쩔 수 없이 맞이하게 된다. 두 노선
의 전철이 '수직적으로' 교차되는 지하(地下)의 지도와는 달리 "나"와 "그"
가 수평적으로 분리되는 비운(悲運)의 순간에 나타나는 "꽃"의 이미지는
"산화공덕(散花功德)"의 정서와도 이어져 숭고한 비장미(悲壯美)를 고조시
키게 된다.

이 시의 끝부분은 고대가요 「공무도하가(公無渡河歌)」를 연상시키기도
하는데 「공무도하가」에서 강을 건너 죽음의 공간에 이르는 사람이 '흰 머
리의 미친 남자(백수광부 白鬚狂夫)'였다면 「군자역에서」에서 강을 건너는
사람은 몸의 꽃잎이 다 떨어져 '여성적 절명(絕命) 상태'에 다다른 화자 자
신이다. 만남과 이별, 그 가슴 아픈 서사의 반복 속에서 회한에 찬 고독의
식이 싹트게 된다.

새벽을 밀고 들어서면
베란다 밖으로
가물가물
등대 같은 십자가
한잔 가득
고요한 수면
천천히 마시면
나는
세상의 바다에 떠 있는
섬

—「섬」 전문

이 시는 고독한 자아에 대한 인식이 중심을 이룬 작품이다. 새벽에 잠

이 깬 화자는 베란다 창밖에 보이는 교회의 상징물을 보면서 등대를 생각한다. 세상은 바다가 되고 "나"는 섬이 되는 인식의 과정 속에서 고독의식은 극대화한다. 시인은 「불을 삼키다」라는 작품에서 "마지막 담배처럼/그는 떠났다/가슴에서/긴 유리잔을/이빨로 긁는 소리가 들렸다"라고 하면서 이별로 인한 고통을 솔직하게 토로한 바 있다. '유리잔을 이빨로 긁는 소리'가 지닌 감각성은 고독한 자아의 내면의식을 육체적으로 드러내 보여준다.

결국 시인은 "누군가를 사랑하는 일이/혼자 하는 외출 같았으면 좋겠다"(「삼월의 눈발처럼」 부분)라며 '고독한 자아'를 스스로 지향하게 되는 것은 만남과 이별의 고통스런 과정을 초월한 사랑을 하고 싶은 애잔한 심정에서 비롯되었을 것이다. 다음 시에서 보이듯 만남과 이별의 고통은 생사를 초월하여 영원히 존재할 수밖에 없음을 알고 있었기에, 그 마음 더욱 그러했으리라.

그대를 만나기로 한 곳
어둠 가시는 산길을 올라왔어요
꿈속에조차 보이지 않으니
내내 밤잠을 설쳐요
수술 자국 아물 겨를 없이 떠난 길
지난여름 덧나지는 않았는지요
당신 친구가 사다 준 알부민은
큰아이 영양제로 바꿨어요
단골약국 2층 새로 생긴 점집
선녀보살 오묘한 목소리에
촛불이 흔들리면 그대와 만나요

선물을 준비하러 쇼핑 갔어요
만물상회 진열장은
그쪽 나라 옷들로 눈부셔요
색동저고리에 흰 고무신
사탕도 과자도 온통 알록달록
오색의 깃발도 화려해요
아이가 되어버렸나요
취향이 나도 모르게 변했나요
상관 없어요 유치해도 괜찮아요
어서 나를 만나러 와요
초하루 이른 새벽,
큰골 굿당 가는 길
발목이 이슬에 젖어
먼저 눈물 훔치고 있네요.

—「설레는 미팅」 전문

시인의 친구에 관한 이야기로 알려진 이 시는 병들어 죽은 남편의 영혼
과 만나려고 점집을 찾아 헤매는 어느 여인의 구구절절한 목소리를 담고
있다. 남편과의 사별을 겪고 있는 그녀의 어조 속에는 골 깊은 고독과 그
리움의 숨결이 배어 있다. "단골약국 2층 새로 생긴 점집"에 찾아가서 "선
녀보살 오묘한 목소리"를 통하여 죽은 남편과 다시 만나려고 하는 마음속
에는 "수술 자국 아물 겨를 없이 떠난" 남편의 원혼을 위로하려는 의도와
함께 회한에 찬 이승의 삶을 꾸려나가고 있는 그녀 자신의 마음을 달래보
려는 의도 또한 있을 것이다. '죽은 자'와 '산 자'의 영혼을 동시에 치유하
는 초월적 사랑의 현현을 향한 갈망 속에서 사랑의 전말(顛末) 속에 깃든
행불행을 확인할 수 있겠다.

2. 원형적 삶의 동경과 휴머니즘

고향을 떠나와서 도시 공간에서 현대적 삶을 영위하며 사는 이들의 마음속에는 언제나 원형적 삶에 대한 동경이 자리 잡고 있을 것이다. 나이가 들고 세월이 흘러가면서 그들의 육체는 고향으로부터 점점 더 멀어져 가고 있음에도 불구하고 그들의 정신은 그리움의 정서를 통하여 고향에 더 가까이 가게 된다. 이와 같은 맥락에서 전서은 시인은 원형적 삶에 대한 향수를 통하여 도시적 고독과 우울을 승화하고 중화했다.

전 시인이 지향하는 원형적 삶의 공간 속에 뚜렷이 보이는 것은 "할매", "할아버지", "아버지", "엄마", "언니" 등의 가족 이미지이다. 가족의 해체와 이산 속에서 신유목민의 삶을 살아가야 하는 현대인에게 '가족'이란 그 자체로 하나의 '원형심상'이 됨을 이해할 때 전 시인이 추구한 가족의 의미를 재확인할 수 있게 된다. 고향에 대한 그의 그리움은 계획적이고 의도적인 것이 아니라 생래적이고 직관적인 "무작정"의 정서였다. 그러므로 그는 "새로 난 중앙 고속도로 올랐네/고향 언저리를 맴돌던/길 이름 무작정 따라왔네"(「소쩍새 우는 밤」 부분)라고 말할 수 있었다. 그리하여 그의 시 곳곳에 나타나는 "일본으로 돈 벌로 간 영감/기약 없이 기다리던 울 할매"(「언놈이 떤다카노」 부분), "기별 없는 사람 생각에/가마솥에 불 지피며/고봉밥을 차려 놓던 할머니"(「양귀비 1호」 부분)의 이미지는 원형적 상징으로까지 나아가고 있다. 군세고 끈질긴 "할머니 이미지"는 쇠락해진 "아버지 이미지"와 한편으로 대조를 이루면서도 또 다른 한편으로 동일선상으로 연결된다.

골 파인 얼굴 위로 찔레꽃이
활짝 피었다 아버지, 내 눈동자에도
동백꽃 자꾸자꾸 피고 진다
내년에도 또 내년에도
막걸리 받아드릴게요
셋째 딸 보러 서울 자주 오세요
재작년 위암 수술 받은 울 아버지
도막난 위장 타고 흐르는
발효된 세월이여
창 밖에 펑펑 함박눈은 내리는데

— 「애미야 막걸리 한 병 사와라」 부분

이 시에 나타나는 아버지의 모습 역시 원형적 공간과 이어진다. '활짝
핀 찔레꽃', '피고 지는 동백꽃', '발효된 막걸리' 등의 향토적인 이미지들
은 유년 시절의 아름답고 정다운 추억을 환기시킨다. 그런데 이러한 순수
한 이미지를 회고하게 된 계기가 다름 아닌 '아버지'의 병환에서 비롯되
었다는 점에 주목할 필요가 있겠다. "재작년 위암 수술 받은 울 아버지"의
"도막난 위장"은 분명 비극적인 서사이며 묘사이지만 이것이 '발효된 막
걸리'와 환유적으로 이어지면서 이 참담한 비극은 일정 정도 승화하는 과
정을 거치게 된다. 유년의 평화로운 기억들은 화자로 하여금 가슴 아픈
비극조차 "꽃"와 "술"의 이미지가 암시하듯 처절한 슬픔이 아니라 담담하
게 "발효"된 슬픔으로 인식하도록 만들었다. '창 밖에 펑펑 내리는 함박
눈'에서 지고지순한 휴머니티를 읽을 수 있는 것은 이 때문이다. 이 휴머
니즘의 연장선상에서 "버선발로 달려나와/반겨주는 엄마 같은" '이슬 젖
은 아카시아 꽃잎'(「아카시아」)도 피어날 것이다.

'할매', '아버지', '엄마', '언니' 등의 가족 공동체에 대한 애정과 관심은 "만약 내게 또 한 세상 주어진다면/속 정 깊은 사람 만나/노루 눈 닮은 딸 하나 아들 둘 낳아/무주, 진안, 장수라 이름 지어/첩첩 고개 넘어야 닿을 수 있는 곳에서/무진장 오래오래 살고 싶네/정말 그러고 싶네"(「무진장」 전문)라는 구절에서도 그대로 나타난다. 이와 같은 정서들에서 가족 사랑에서 비롯된 순수한 휴머니즘을 여실히 발견하게 된다.

> 잃어버린 것도 없는데
> 주머니가 허전해 아쉬운 날
> 더 이상 버릴 것 없어
> 마음이 홀홀 가벼운 날
> 말 없는 친구 옆에 태우고
> 백담계곡 은사시 숲으로 떠나자
> 늦은 가을 길고 긴 계곡 걷다보면
> 낙엽들 찬 땅에 발 딛지 못하고
> 허공에서 일렁일 게다
> 기억 아득한 곳 그리움이
> 너의 등을 밀어주어
> 고단한 발걸음 위로해주리라
>
> ─「숲은 따뜻하다」 부분

시인이 소망하는 이상 세계는 투쟁과 갈등이 지배하는 동물 세계가 아니라 사랑과 화해가 무르익는 식물 세계일 것이다. 위 시의 화자는 "더 이상 버릴 것 없"는 마음으로 모든 세속의 굴레를 벗어던진 채 "백담계곡 은사시 숲으로 떠나자"라고 말한다. "백담계곡 은사시 숲"이야말로 안온한 삶이 영위될 수 있는 지고한 화해의 지평일 것이다. 또한 "고단한 발걸음"
을 위로해 줄 "기억 아득한 곳 그리움" 속에서 영원한 안식의 공간이 열릴
것이다.

변방으로 가는 길은 아득하다
눈물을 동반하지 않으면
다다를 수 없는 곳
중심에서 튕겨 나간 파편들이
이른 새벽 시외버스 정류장 앞을 서성인다

빛바랜 추리닝을 입은 채
플라스틱 의자 밑을 더듬으며
무언가 찾고 있는 초로의 남자 눈에는
집단 폐사한 닭들이
꽁초로 널브러져 있다

안개 속 버스는 좀처럼 오지 않고
마지막 남은 비장의 무기는
녹슨 심장에 깊숙이 박혀 있다
한때는
빵빵하게 부푼 오기로
벼린 칼날 품은 적 있었을까

집나간 아내처럼
그 기억도 아득하다
허술한 변방의 방 한 칸

―「버스는 눈물로 굴러간다」 전문

이번 시집의 표제시인 이 시에서도 가련한 세상을 향한 휴머니즘의 진정성을 확인하게 된다. 이 시는 제목 자체부터 재미있게 이해된다. 우리가 일상적으로 이용하는 버스가 '기름으로 운행되는' 것이 아니라 '눈물로 굴러간다'니 얼마나 재미있는 발상인가? 얼핏 보면 아무것도 아닌 것 같은 구절일지 모르지만 자세히 들여다보면 이 두 어절 속에는 인생을 통찰하는 물큰한 시선이 숨어 있다.

이 시의 1연은 "중심"과 "변방"이라는 대립 요소를 시화하고 있는데 시인의 시선은 "중심에서 튕겨 나간 파편들"이 "변방으로 가는 길"에 집중된다. 그 "파편들"은 "빛바랜 추리닝"을 입었고 "집단 폐사한 닭들"을 기억하고 "빵빵하게 부푼 오기"를 지닌 적도 있었다. 어쩌면 그 오기 때문에 그들은 더 먼 "변방"으로 쫓기고 있는지도 모른다. 참담한 현실 상황에서 시작한 이 시는 비극으로 종결되지 않는다. 「애미야 막걸리 한 병 사와라」에서 '창 밖에 펑펑 내리는 함박눈'을 말했듯이 시인은 "허술한 변방의 방 한 칸"을 언급하면서 「버스는 눈물로 굴러간다」를 갈무리한다. 이 '한 칸의 방'에 대한 인식이야말로 고단한 우리네 삶의 마지막 보루를 모성의 숨결로 뜨겁게 끌어안는 전서은 세계관의 숨길 수 없는 특징일 것이다.

3. 낭만적 세계관과 초월의식

전서은의 시를 전체적으로 지배하는 중요한 시의식 중 하나는 낭만성이다. 낭만성이란 세상의 불의와 모순을 이상적이고도 초월적으로 극복해보려는 성격이다. 전서은 시인의 낭만성은 과거의 것에 대한 솔직한 그리움에서 출발하여 현실의 은폐성과 평면성에 대한 초월의식으로 나아간다. 옛것에 대한 그리움은 「오래된 레코드」에서 구체적으로 나타나는데 그가 "이따금 잡음 섞어가며 돌고 도는 게 인생인가/품속에 톡톡 튀는 바늘이라도 있을 양 치면 뽕짝이 좋아질 때도 기필코 오는 법이지"(「오래된 레코드」부분)라고 말할 수 있었던 것도 이와 같은 맥락에서 생각해 볼 수 있다. 최첨단 신상품들이 하루가 다르게 쏟아져 나오는 디지털 자본주의 시대에 시인이 "오래된 레코드"를 떠올리면서 다시금 '뽕짝의 신파'를 이야기하는 것은 무엇 때문일까? 아마도 이러한 관심과 태도에서 현대 삶을 바라보는 인식 방법을 추출할 수 있겠다.

전서은 시인은 소박하고 아름답고 가난한 것들을 사랑하는 서정적 세계관을 추구했다. 그는 물질적 풍요에 대한 집착을 멀리한 채 잃어버린 세계에 대한 애잔한 향수를 가슴 속 깊이 품고 있었다. 아마 그가 이 배금(拜金)의 시대에 자본과는 동떨어져 있는 '문학이라는 예술'에 투신할 수 있었던 점 역시 이 같은 삶의 방식에서 비롯되었을 것이다. "손님이 없는 날/시를 쓴다/주머니는 비었지만/가슴 속 장부엔/백만 원어치/매상이 오른다"(「장사꾼 시인」전문)라고 말하는 솔직함이 넓은 공감대를 형성하는 것은 이 소박한 낭만적 발언 속에 문학적 진정성이 배어 있기 때문이다!

구름이 태양을 가리고 있는 날이면
더욱 좋을 거야
불면의 밤을 이레쯤 보내다가
창틈으로 비집고 들어서는
칼바람에 온몸이 떨릴 때
숨쉬기조차 버거워질 때

그 때 차를 달려
캘리포니아로 가는 거야
물방울무늬 원피스로
화냥기를 숨기고

부어 넘치지 않는
계영배 하나 가슴에 품고
이승에서 견딜 수 있는 만큼의
진한 그리움을 충전할거야
곳곳마다 눈에 불을 켜고
발목을 붙잡는 감시 카메라쯤
비웃음으로 날리고
능소화 줄기처럼 뻗어나가
꽃잎 같은 주홍글씨
가슴팍에 새겨 와야지
그럼 누가 나에게 돌을 던질까

—「캘리포니아를 꿈꾸며」 전문

  1970년대 미국의 록 밴드인 이글스(Eagles)의 〈호텔 캘리포니아(Hotel California)〉라는 노래를 연상하게 하는 이 시는 이번 시집에 수록된 작품들 중에서 낭만주의적 성격을 가장 강하게 지니고 있는 작품이다. 이 시의 어조와 내용 모든 거침없이 경쾌하고 발랄하다. "좋을 거야", "가는 거야", "충전할 거야", "와야지", "던질까" 등의 종결어미는 "칼바람"이 불어 대고 "감시 카메라"가 존재하는 "불면의 밤"이 지배하는 현재적 삶을 가볍게 뛰어넘으려는 시의식을 함축한다.

  바슐라르를 빌리면, "물방울무늬 원피스", "계영배", "능소화 줄기" 등

의 이미지는 지루하고 무거운 중력의 삶을 '공기(空氣)'적으로 초월하고
싶은 자의식을 보여준다고 할 수 있다. 이 세속 초월의 낭만적 공간 속에
서는 "주홍글씨"조차 한 잎 꽃잎이 될 수밖에 없다. 그리하여 "꽃잎 같은
주홍글씨/가슴팍에 새겨 와야지"라는 구절 속에 내재한 영탄(詠歎)과 "그
럼 누가 나에게 돌을 던질까"라는 설의(設疑) 속에서 일종의 '카타르시스'
를 느끼게 되는 것은 자연스러운 일이다.

> 조용한 신음소리
> 머리에서 뻗어내린
> 네 현마다
> 붉은 반점이 돋는다
> 겨우내 발끝부터 근질대더니
> 봄비 한바탕 지나간 뒤
> 삐죽이 솟아난 화농의 몸 벗고
> 수술대에 오른다
> 사나흘 혼절하리라
> 사리의 바다 딛고
> 신생의 연주를 위하여
>
> ― 「주법」 부분

이 시의 제목인 "주법"은 '연주법(演奏法)' 정도로 해석될 것 같다. 그런
데 그 연주의 대상은 구체적인 악기가 아닌 듯하다. 그 대상은 다름 아닌
시인의 몸이며 나아가 시인의 마음과 정신이다. 화자는 지금 "조용한 신
음소리"를 내고 있고 그 육체 구석마다에는 "붉은 반점"이 돋고 있다. 이
고통의 과정은 '근지러운 화농'의 시절을 거치면서 승화한다. "수술대"라

는 공간성과 "사나흘"라는 시간성을 통하여 드디어 화자는 "사리의 바다"라는 새로운 정신적 지평에 다다르게 된다. 비로소 목도하는 "신생의 연주"를 통해서 자아는 우주적으로 고양되는 즐거움을 누리게 될 것이다.

전서은 시인은 2003년 등단한 이후 끊임없는 절차탁마의 과정 속에서 언어를 매만지고 시정(詩情)을 다스리는 삶을 부지런히 가꾸어 왔다. 그는 이번 첫 시집 『버스는 눈물로 굴러간다』를 통하여 고독한 자아에 대한 투철한 인식을 바탕으로 하여 희로애락으로 가득한 인간 삶의 진리와 변화무상한 대자연의 섭리를 핍진성 있는 언어로 형상화하여 보여주고 있다. 자아의 상징적인 비극성을 담담하게 인내하는 과정 속에서 나타난 원형적 그리움과 탈속적 초월의식은 낭만주의적 세계관과 잇닿으면서 전서은 시의 특색을 만들어내는 데에 성공하고 있다. "끓어오른 열"과 "서늘한 입김"(「자서」) 모두를 소중히 여기면서 시의 제단에 헌신하는 마음과 자세를 평생 간직하시길 간절히 기원한다.

여성적 죄의식에서 인고적 모성성으로

— 정재분 시집 『그대를 듣는다』론

정재분 시인의 첫 시집 『그대를 듣는다』(종려나무, 2009)는 다채로운 성적 상징과 이미지의 융합을 그 특징으로 하고 있다. 그 상징과 이미지의 기호에 대한 해독을 추구하는 시의식은 애매한 죄의식과 이어지는 경향을 보이고 있다. 그의 성적 상징은 다양한 여성성에서 비롯되는 동시에 '늙은 아버지'와 '깡마른 막내삼촌'과 관련된 남성성과도 이어진다. 물론 그가 일상적 삶을 중심으로 펼쳐지는 사실적 소재와 시대적 배경을 여성적 관점으로만 보려고 한 것은 아니었음에도 불구하고 그의 상상력은 대부분 여성적 지평으로 수렴되는 경향을 보인다고 하여도 과언이 아닐 것이다.

정재분의 시는 오래 전부터 유행해 오던 여성적 담론과 이어지면서도 나아가 일상과 자연에 대한 낯선 시선을 통해서 개성적 형상화를 추구하고 있다는 점에 주목할 필요가 있을 것이다. 그의 시에 종종 나타나는 비문법적 발화와 빙의적 인식은 그 문학 세계에 독창적 개성의 동력을 불어넣는 데에 충분히 기여하는 것으로 보인다. 때로는 서술적인 기법으로 서사에 치중하다가 때로는 상징적인 기법으로 상당한 '앰비규어티'에 이르는 창작기법 또한 신선하다. 현실적 토대와 기억의 토대를 오고가는 시의식은 고독한 존재물들에 대한 투사적 시선을 획득하면서 정재분 시의 한 표정을 형성하는 데에 성공하고 있다.

깡마른 막내삼촌의 긴 목에서
유난히 움칠거리던 목울대
어린 날 나는
언제 보아도 녹지 않는 알사탕이 부러웠을 것이다.

언제였을까
완강한 턱뼈의 그늘에서
감정의 추이를 맨 먼저 감지하다
정작 숨죽이거나 초연해야 하는 순간을 견디지 못하고
꼴깍 침이 넘어가는
죄의 원형으로 의식한 것이

흰 와이셔츠의 맨 윗단추를 마저 채우고 조여 맨
넥타이 위로 여전히 솟아올라 감추어지기를 거부하는
목울대
들숨과 날숨이 드나드는 기도가 있고

음악이 위장으로 가는 식도가 있고
마음과 정신을 언어로 목소리로
소통을 도모하는 성대가
한통속에 집결되어 있는

생명의 조건이 관통하는 목줄기에
비문처럼
경고처럼

— 「아담의 애플」 전문

　화자는 "깡마른 막내삼촌의 긴 목에서/유난히 움칠거리던 목울대"를 보면서 이상한 감정에 빠져들었던 "어린 날"의 "나"를 기억한다. "목울대"가 "언제 보아도 녹지 않는 알사탕"으로 치환되는 은유 속에는 남성성을 향한 동경이 들어 있다. 여성인 자신이 가지지 못한 아니 영원히 가질 수 없는 "목울대"는 일종의 금기 영역이다. 그렇기 때문에 이것에 대한 동경은 2연에서 "죄의 원형"에 대한 의식으로 이어진다. 이러한 "죄의 원형"은 "정작 숨죽이거나 초연해야 하는 순간을 견디지 못하고/꼴깍 침이 넘어가는" 목울대 그 자체의 죄의식이기도 할 것이다.

　화자가 이 목울대를 향한 관심어린 시선을 멈추지 못하는 것은 남성성에 대한 사춘기적 동경과도 이어진다. 화자의 눈에 비친 목울대는 "넥타이 위로 여전히 솟아올라 감추어지기를 거부하는/목울대"이기에 끊임없이 외부로 드러나 화자의 시선을 자극한다. 마침내 그 목울대를 "비문"과 "경고"로 인식하는 내면의식 속에는 아담과 화와가 하나님의 계율을 무시하고 따먹게 됨으로써 원형적 죄의식을 갖게 되었다는 '선악과(善惡果)'에 대한 두려움이 자리한다. 이렇게 본다면 "목울대"는 정재분의 '선악과'가 되는 셈이다.

언제부턴가 자고 일어나면

성이 자라고 있었어
알게 모르게 얼비쳐 드는
밤과 낮의, 바람의, 비의 행간에서
때때로 피 터지게 싸우다가 진 자인가 이긴 자인가
때 없이 숫돌에 벼리는 그 무엇이
마음이라고도 하고 몸이라고도 하는,
풍문의 에테르에
찔레꽃이 피었어
제 물에 겨웠을 뿐이었어
이따금 불러 세우던 눈빛이 툭, 목젖을 건드리며
여자라고 발음하였어
그 후로 오랫동안, 의미에
감금되었어
마술에 걸린 생각 하나
'솔' 음으로 파동치고 있었어
네게로 가는 길을 가로막는
움직일수록 친친 휘감기는
여자라는 껍질
꽃이 져도
그 이름은 찔레꽃이었어

— 「성(性)」 전문

「아담의 애플」과 연관선 상에 있는 이 시에는 여성성에 대한 더욱 구체적인 발언들이 나타난다. "언제부턴가 자고 일어나면/성이 자라"는 화자는 사춘기의 시간을 지나고 있는 듯하다. 조금씩 자라는 화자의 성은 "알게 모르게 얼비쳐 드는/밤과 낮의, 바람의, 비의 행간에서" 머뭇거리고 있으며 어떤 상징적인 무엇을 쟁취하기 위한 싸움에서 "진 자"가 되기도 하며 "이긴 자"가 되기도 할 것이다. 그러다가 그 성은 "마음이라고도 하고 몸이라고도 하는,/풍문의 에테르에" 찔레꽃처럼 피기도 하였을 것이다. 이 질레꽃의 이미지는 물의 이미지로 이어지면서 "여자"의 상징으로 발전한다. 화자에게 "여자"라는 의미는 하나의 "마술"이며 "껍질"이 되어 그것은 늘 마음속에서 파동 치는 상징으로 나아갔을 것이다.

> 남자를 알고부터 불현듯
> 손바닥이 고해하는 오래된 감촉이
> 유월 햇살 아래에서 울컥울컥
> 토설하는 것이다
>
> 할아버지 같은 아버지 손잡고
> 대전 국립묘지에 갔던 여섯 살
> 본적 없는 큰오빠를 빼닮았다기에
> 까치발도 해보았을 것이다.
>
> 보이는 건 상실감에 휩싸인 인파
> 욱신거리는 비통한 등허리들 뿐,
> 지루한 슬픔을 바라보며
> 아버지의 손을 꼭 잡았을 것인데
>
> 어느 날 문득 남자의
> 그것이 분명한 미궁의 감촉이 문득
> 아버지의 손을 놓친 작은 손아귀에서
> 꿈틀꿈틀 깨어나는 것이다
>
> ― 「손바닥의 고해」 전문

정재분 시에 나타나는 여성성은 남성성에 대한 인식과 밀접히 연관된다. 「손바닥의 고해」는 이러한 정재분 시의 특징을 잘 보여주는 작품으로 남성에 대한 기억을 손바닥이라는 촉각으로 간직하고 있는 자아를 형상화하고 있다. 화자는 우선 "할아버지 같은 아버지 손"을 기억하고 있으며 그와 연관되어 "본적 없는 큰오빠를 빼닮았다"는 진술을 기억한다. 전자가 육체적인 기억이라면 후자는 관념적인 기억이다. 두 가지 모두 화자의 기억 속에 어떤 뚜렷한 자취를 남기게 된다. 화자가 "욱신거리는 비통"과 "지루한 슬픔"을 말하는 것은 이 때문일 것이다.

이 시에는 "할아버지", "아버지", "큰오빠"로 유전하는 남성성에 대한 동경과 호기심이 들어있다. 그러나 이들 이미지는 유년의 화자가 기억하는 구체적인 남성성임에도 불구하고 가족이라는 조건으로 인하여 화자의 여성성을 투사할 수 있는 대상이 되지는 못한다. "손바닥이 고해하는 오래된 감촉"이라는 표현 속에 "고해"라는 용어가 나타난 점이나, "유월 햇살 아래에서 울컥울컥/토설하는 것이다"라는 구절 속에 "토설"이라는 용어가 나타난 점을 이런 맥락에서 이해할 수 있을 것이다. 요컨대 이 작품은 "미궁의 감촉"에 대한 기억으로 인한 죄의식, 그리고 그 죄의식에 대한 고백과 회한을 동시에 표현하고 있다.

> 놋그릇은 숨을 쉰다
> 두드리고 두드려서 만들어진
> 묽은 그릇은 어우러진 삶을
> 소담스레 제안에 담는다
> 다소 무거운 예의범절을
> 인내와 맞물린 일상을

하여도 때로는 훈김 따위에
파랗게 질리기도 한다

가만히 서랍 속에 포개 두어도
기다림을 헤아리다 토라지는
애인처럼, 해맑음을 잃어버린
느리게 피를 뿜는 그녀의 심장을
먼 데서 보고 있는 사람아
손을 내밀어 잡을 것인가

일회용이 아니라고
손길 여하에 따라 새로워진다고
그녀는 파리해진 놋그릇 얼굴로
귀를 열고 그대를 듣는다
탁해지면 닦고 다시 닦는,
포기하지 않는 모든 것을
사랑이라고 쓰면서

— 「그대를 듣는다」 전문

놋그릇의 이미지를 중심으로 펼쳐지고 있는 이 시는 이번 시집의 표제
시이다. 이 작품에서는 여성적 삶 속에 깃든 "무거운 예의범절"과 "인내와
맞물린 일상"에서 오는 중압감이 스미어 있다. 그러나 이 중압감은 부정
적인 의미만을 지니지 않았다. 이 중압감은 새로운 가능성으로 나아가게
되는데 이는 "훈김 따위"에 파랗게 질리는 형상에서 비롯된다. 이 변화무
상한 놋그릇의 이미지는 "가만히 서랍 속에 포개 두어도/기다림을 헤아리
다 토라지는/애인"으로 거듭나며 다시금 "해맑음을 잃어버린/느리게 피

를 뿜는 그녀의 심장"으로 나아간다. 결국 놋그릇에는 일회용이 아닌 질긴 사랑의 서사가 배어 있는 동시에 "손길 여하에 따라 새로워"지는 변용의 미학이 숨어 있다. 그리하여 "탁해지면 닦고 다시 닦는,/포기하지 않는 모든 것을/사랑이라고 쓰"는 놋그릇의 이미지는 순결하면서도 인내심 있는 여성성의 미학을 그려내는 데 충분히 기여하고 있다.

정재분의 이번 시집은 '여성적 죄의식'의 구현에서 출발하여 '인고적 모성성'의 현현으로 나아가는 과정을 잘 보여주고 있다. 여성적 죄의식을 형상화하는 시편들에서는 솔직하고 파격적인 발화가 나타났던 것에 비해, 인고적 모성성을 형상화하는 시편들에서는 상징적이고 내향적인 시의식이 주조를 이루고 있었다. 정재분 시인은 이 두 가지 맥락을 통하여 세계와의 육체적인 동시에 형이상학적인 소통을 꿈꾸었다. 그 소통의 과정 속에서 자아는 행복했고 동시에 불행했다. 자아의 죄의식은 세계를 향한 열렬한 관심의 결과였으니 정재분 시인은 인고의 미학을 통하여 그 처절한 시의식을 승화하고자 했던 셈이다.

제4부

유랑과 승화

유랑의 공간과 성찰의 시정신

― 일제강점기 시에 나타난 방의 형이상학

　대부분의 사람들은 방에서 태어나서 방에서 죽어간다. 그 곳이 병실이든 자신의 집이든 우리는 방을 떠난 곳에서 삶과 죽음의 서사를 만들어내기 어렵다. 우리는 하루에도 수없이 방으로 들어가거나 방에서 나오곤 한다. 방문을 열고 대문을 열고 집을 나서면 길이 나타나고 그 길을 따라서 걷다보면 다시금 들어가야 하는 방을 지닌 집이 나타날 것이다. 우리의 시간은 언제나 방과 길과 집의 공간을 기억할 것이다. 사람마다 차이가 있기는 하겠으나 방은 우리의 인생이 지닌 시간 중의 많은 부분과 결합한다. 즉 방안에서의 시간을 완전히 거부한 인생은 존재할 수 없다.

　시인에게 방은 어떤 공간일까! 시인들은 자신이 머물고 있는 방에서 깊은 생각에 잠기고 그 생각을 가다듬어 시를 쓸 것이다. 시인들이 과거에 머물렀고 현재 머물고 있으며 미래에 머물게 될 방은 그들의 시세계를 형성하는 중요한 매개체가 될 것이다. 시대를 초월하여 방은 시의 공간의식을 이루는 경우가 많았다. 민족의 이산과 해체가 심화하고 유랑하는 삶이 늘어가던 일제강점기 시인들 역시 방의 공간을 주요 소재로 삼아 거기에서 얻은 사유를 형상화한 작품을 많이 남겼다. 그 중에서도 만주 일대를 유랑하며「남신의주유동박시봉방」「흰 바람벽이 있어」등 방의 공간의식을 보여준 작품을 여러 편 남긴 백석이 먼저 떠오른다.

오늘 저녁 이 좁다란 방의 흰 바람벽에
어쩐지 쓸쓸한 것만이 오고 간다
이 흰 바람벽에
희미한 십오 촉(十五燭) 전등이 지치운 불빛을 내어던지고
때 끓은 다 낡은 무명셔츠가 어두운 그림자를 쉬이고
그리고 또 달디 단 따끈한 감주나 한잔 먹고 싶다고 생각하는 내 가
지가지 외로운 생각이 헤메인다
그런데 이것은 또 어인 일인가
이 흰 바람벽에
내 가난한 늙은 어머니가 있다
내 가난한 늙은 어머니가
이렇게 시퍼러둥둥하니 추운 날인데 차디찬 물에 손을 담그고 무이
며 배추를 씻고 있다
또 내 사랑하는 사람이 있다
내 사랑하는 어여쁜 사람이
어느 먼 앞대 조용한 개포가의 나지막한 집에서
그의 지아비와 마주 앉아 대구국을 끓여놓고 저녁을 먹는다
벌서 어린것도 생겨서 옆에 끼고 저녁을 먹는다
그런데 또 이즈막하여 어느 사인엔가
이 흰 바람벽엔
내 쓸쓸한 얼굴을 쳐다보며
이러한 글자들이 지나간다
─나는 이 세상에서 가난하고 외롭고 높고 쓸쓸하니 살아가도록 태
어났다

그리고 이 세상을 살아가는데

내 가슴은 너무도 많이 뜨거운 것으로 호젓한 것으로 사랑으로 슬픔
으로 가득 찬다

그리고 이번에는 나를 위로하는 듯이 나를 울력하는 듯이

눈질을 하며 주먹질을 하며 이런 글자들이 지나간다

—하늘이 세상을 내일 적에 그가 가장 귀해 하고 사랑하는 것들은
모두

가난하고 외롭고 높고 쓸쓸하니 그리고 언제나 넘치는 사랑과 슬픔
속에 살도록 만드신 것이다

초생달과 바구지꽃과 짝새와 당나귀가 그러하듯이

그리고 또 "프랑시쓰·짬"과 도연명(陶淵明)과 "라이넬·마리아·
릴케"가 그러하듯이

—「흰 바람벽이 있어」 전문

이 시의 방 속에는 생의 비극성이 꿈틀거린다. 그가 지닌 비극적 세계
관은 지식인 시인의 포즈가 아니라 궁핍한 시대를 횡단하면서 유랑의 삶
을 살아야 했던 자의 현실 인식의 방법이었다. 공동체적 세계에 애정을
가졌던 시인은 원형적 삶의 붕괴를 극복하면서 존재의 의미를 성찰해 나
갔다. 그의 허무주의가 아름다운 서정시의 품격을 유지할 수 있었던 것
은 비극적 세계관을 내면화하여 다시 그것을 승화시키고자 했던 시인 자
신의 처절한 의식 투쟁의 결과에 이유가 있겠다. 화자는 추운 겨울의 어
느 저녁 작은 방안에 홀로 앉아 바람벽을 바라보고 있다. 바람을 막아 주
는 바람벽은 내면에 드리운 의식을 끄집어내는 존재의 거울이다. 바람벽
은 흡사 영화관의 은막(銀幕)과도 같은 역할을 하는데 화자는 그것을 통
하여 내면의 풍경으로 만들어낸 영화 한 편을 보고 있다. 바람벽이 시인

에게 뚜렷이 환기시켜 주는 것은 존재의 쓸쓸함이다. 화자는 흰 바람벽을 통하여 헤어진 어머니와 애인의 모습도 떠올린다. 어머니는 이미 가난하게 늙어 버렸으며 이렇게 추운 날에 차디찬 물에 손을 담그는 모습을 하고 있다. 애인 역시 영영 멀어진 사람이 되어 버렸다. 화자의 내면 공간을 비추는 흰 바람벽은 극도의 슬픔과 외로움을 전해 준다. 이 모든 것은 화자 스스로가 행하는 사고 과정의 결과이다. 스스로 자신의 의식을 비극의 중심으로 옮겨 놓은 것이다. "그런데"에서 시상은 반전된다. 화자는 흰 바람벽에서 존재의 비극성을 해명해 주는 진술을 발견하게 된다. 그는 자신의 절망을 운명의 영역으로 돌리며 스스로를 위로한다. 그것은 운명에 대한 사랑이다. 그는 세상의 가장 귀한 것들은 "가난하고 외롭고 높고 쓸쓸하"게 살아가야 하는 숙명을 타고났다고 생각함으로써, 고독과 가난을 겪는 자신을 지고지순한 가치를 지닌 존재로 받아들인다. 여기에 백석 시가 지닌 자기 긍정의 아름다움이 자리 잡는다. 이 시는 허름한 바람벽으로 둘러싸인 방을 공간적 배경으로 삼아 비극을 내면화하여 승화시키고 있는 감동을 선사한다.(「흰 바람벽이 있어」에 관한 논의는 '김종태, 『한국현대시와 서정성』, 보고사, 2004, 116~119면'을 인용하고 참조하였다.)

　백석이 고향 평북 정주를 떠나 만주 일대를 유랑한 시인이라면 동시대 시인인 정지용은 고향 충북 옥천을 떠나 교토와 서울을 유랑한 시인이다. 백석 시와 마찬가지로 정지용 시에는 비애와 고독과 고통이 배어 있다. 그가 일본 유학을 마치고 조국으로 돌아와 바쁘게 살아가던 서울의 방을 소재로 한 「시계를 죽이다」는 이 무렵 정지용의 내면의식을 구체적으로 보여주고 있다. 정지용에게 서울은 행복을 추구하는 안식의 공간이 아니라 근대 문명과 처절히 맞서야 하는 고난의 공간이었다.

한밤에 벽시계(壁時計)는 불길(不吉)한 탁목조(啄木鳥)!
나의 뇌수(腦髓)를 미신바늘처럼 쪼다.

일어나 종알거리는 「시간(時間)」을 비틀어 죽이다.
잔인(殘忍)한 손아귀에 감기는 가냘픈 모가지여!

오늘은 열 시간 일하였노라.
피로(疲勞)한 이지(理智)는 그대로 치차(齒車)를 돌리다.

나의 생활(生活)은 일절 분노(憤怒)를 잊었노라.
유리(琉璃) 안에 설레는 검은 곰인 양 하품하다.

꿈과 같은 이야기는 꿈에도 아니 하련다.
필요(必要)하다면 눈물도 제조(製造)할 뿐!

어쨌든 정각(定刻)에 꼭 수면(睡眠)하는 것이
고상(高尙)한 무표정(無表情)이오 한 취미(趣味)로 하노라!

명일(明日)!(일자(日字)가 아니어도 좋은 영원한 혼례!)
소리 없이 옮겨가는 나의 백금(白金)체펠린의 유유(悠悠)한 야간항
로(夜間航路)여!

　　　　　　　　　　　　　　　　—「시계를 죽임」 전문

　이 시의 공간적 배경은 멈추지 않고 돌아가는 시계가 있는 도시의 방이
다. 이 방에는 바쁜 일상을 고달프게 살아가야 하는 근대인의 고뇌가 있
다. 근대 도시는 정지용에게 기계적인 삶의 형식을 강요했다. 정지용은
도시적 체험에 어려움을 느낀 나머지 협소한 공간 속으로 더욱 자주 침강

해 가는 모습을 보여 준다. 근대적 시간의 노예로 전락하고 있는 지식인의 자의식을 형상화하고 있는 이 시의 공간적 배경인 방 역시 이러한 맥락에서 이해할 수 있다. 화자는 열 시간의 고된 노동을 한 후 휴식을 취하기 위하여 자신의 방으로 돌아왔다. 그는 이 공간이 자신의 피로를 말끔히 씻어 줄 수 있는 안락한 공간이 되어 줄 것을 희망하였다. 그러나 그 공간 역시 근대적 삶의 위험성이 관여하는 공간이었다. 지금의 방은 유년의 화자가 체험한 고향집의 방과는 전혀 다른 곳이다. 이곳에는 생존을 위한 기계적인 노동만을 강요하는 무서운 시계가 있다. 그럼에도 불구하고 도시의 서민은 하루의 노동이 끝나면 시계의 방으로 돌아와야 한다. 근대 공간은 원형적 체험이 속(俗)의 세계에 묻혀버린 공간이며 원형적 공간으로의 도피는 생존 자체를 포기해야 하는 일이므로 도시인은 그곳에 살아남기 위해서는 고독과 고난을 감내해야만 한다. 휴식을 하거나 수면을 취하는 동안에도 바늘 소리를 내며 움직여야만 하는 시계를 "불길한 탁목조"로 표현한 비유나, 그 바늘이 자신의 뇌수를 찌른다는 시의 식에서 근대적 삶으로 인한 고통은 극대화한다. 시계바늘을 뽑아 버림으로써 화자는 시계의 소리로부터 어느 정도 자유로워질 수 있었다. 그러나 시계를 멈추게 하였다고 시간이 멈추는 것은 아니다. 시계의 방을 지배하는 것은 합리주의이다. 근대는 합리적인 계몽성을 내세워 인간을 교육시키고, 병든 인간을 치유할 과학적인 방법을 창출해 내고자 하였다. 이 때 시간은 인간의 행복을 위하여 철저히 계량화된다. 속도와 편리에 기여하지 않는 시간은 합리성이 결여되었다는 이유로 배제되었다. 더 많은 편리와 더 증가한 속도를 위하여 근대의 시간은 전근대의 시간과 속히 분리되어야만 했다. 그러나 문명의 발달에 비례하여 행복 수치가 증가하는 것은 아니다. 오히려 근대적 환경에 적응을 하지 못한 사람들은 시계의 방안에서 불안해한다. 이 시에 나타난 우울과 불안은 이러한 맥락에서 이해할 수 있다.(「시계를 죽임」에 관한 논의는 '김종태, 「정지용 시 연구―공간의식을 중심으로」, 고려대 대학원 박사논문, 2002, 66~68면'을 인용하고 참조하였다.)

　정지용의 영향을 받은 시인 중 한 명으로 윤동주를 들 수 있다. 정지용의 인품과 시세계를 존경한 윤동주는 교토에서 유학한 정지용의 뒤를 이어 일본으로 떠난다. 윤동주는 릿쿄대학(1942년 입학)을 거쳐 정지용이 수학한 동지사대학(1942년 편입학)에 진학한다. 이곳 동지사대학에서 영문학을 공부하면서 윤동주의 시세계는 더욱 깊어졌다. 그러나 그만큼 내면 깊숙한 곳에 자리한 외로움과 서러움 또한 커져갔다. 윤동주가 교토에서 거처하던 일본식 다다미방은 회한과 반성으로 가득 차 있다.

> 창밖에 밤비가 속살거려
> 육첩방(六疊房)은 남의 나라,
>
> 시인이란 슬픈 천명(天命)인 줄 알면서도
> 한 줄 시를 적어 볼까,
>
> 땀내와 사랑내 포근히 품긴
> 보내 주신 학비 봉투를 받아
>
> 대학 노―트를 끼고
> 늙은 교수의 강의 들으러 간다.

생각해보면 어린 때 동무를
하나, 둘, 죄다 잃어버리고

나는 무얼 바라
나는 다만, 홀로 침전(沈澱)하는 것일까?

인생은 살기 어렵다는데
시가 이렇게 쉽게 씌어지는 것은
부끄러운 일이다.

육첩방은 남의 나라
창밖에 밤비가 속살거리는데,

등불을 밝혀 어둠을 조금 내몰고,
시대처럼 올 아침을 기다리는 최후의 나,

나는 나에게 작은 손을 내밀어
눈물과 위안으로 잡는 최초의 악수.

— 「쉽게 씌어진 시」 전문

　　밤비 소리가 들려오는 이국의 방(房)에서 화자는 시인이라는 천명(天命)
을 생각한다. 시인의 삶은 현실에 대한 투쟁을 할 수 있는 삶이기 전에 시
라는 언어예술을 추구하며 살아가야 하는 삶이다. 예술은 직접적으로 세
계를 변혁시키기가 쉽지 않다. 시인의 소박한 삶을 알기에 화자는 그 운
명을 "슬픈 천명"이라고 표현한다. 시는 자신의 운명이기에 화자는 언제
든 시를 쓸 수밖에 없지만 그 시가 현실과의 괴리에 빠져들 때가 많을 것

이다. 부모님이 보내준 사랑을 늙은 교수의 무의미한 강의에 쏟아 부어야 하는 삶은 "침전"이라고 표현된다. 그 과정 속에서 쓰인 작품은 인생의 질곡을 제대로 반영할 수 없을 것 같아서 화자는 괴로워한다. 역사적 현실과 거리를 둔 시는 모두 쉽게 쓰인 시에 불과하다고 생각했기 때문이다. "시대처럼 올 아침"이 소중한 것은 그때야말로 비로소 자신의 반성이 사라질 수 있기 때문이다. 방황하는 '현실의 나'와 반성을 통해서 완성될 '최후의 나'가 "최초의 악수"를 통해서 만나는 마지막 연에서 낙관적 태도를 엿볼 수 있다. 윤동주 시인은 이국의 방안에서 반성과 회의를 거듭하다가 마침내 소박한 긍정에 도달하고 있다.(「쉽게 씌어진 시」에 관한 논의는 '김종태, 「윤동주 시에 나타난 절망과 극복 양상」, 『한국문예비평연구』 40집, 2013, 42~43면'을 인용하고 참조하였다.)

이상에서 백석 정지용 윤동주 등의 시를 살펴본 바와 같이 시인에게 방은 다양한 각도로 해석되고 비유되었다. 특히 유랑의 삶을 경험했던 일제강점기의 시인들에게 방은 유랑의 정거장인 동시에 성찰의 공간이었음을 확인할 수 있었다. 이들의 작품들이 안겨준 방의 형이상학은 시대적이고 역사적인 특수성에서 기인한 동시에 방의 공간의식이 주는 보편성과도 맞물려 있다. 즉 방을 매개로 한 유랑과 성찰은 비단 일제강점기 시인들에게만 해당되는 것이 아니라 오늘날 자본주의적 유목시대를 살아가는 현대시인들에게도 연결될 수 있는 일이기 때문이다. 평생 동안 수많은 공간을 체험하면서 살아갈 우리 시대의 시인들은 오늘도 여전히 방의 상징과 비유를 탐색하여 그들만의 상상력을 다양한 방법론으로 형상화해 나갈 것이다.

디카시의 문학사적 의의와 발전을 위한 제언

1. 디지털시대의 도래와 디카시의 출현

디지털시대가 도래한 지 꽤 오래되었다. 전산화 및 자동화의 메커니즘 속에서 우리의 삶은 많은 변화를 맞이하고 있으며 이와 맞물려 문학을 포함한 모든 예술의 존재 양식 역시 변화하고 있다. 특히 기존의 올드 미디어인 신문, 잡지, 라디오 등의 영향력이 점차 줄어들고 뉴미디어인 인터넷, 디지털텔레비전 등의 영향력이 현격히 커지면서 새로운 메시지와 이미지를 담기 위한 새 양식의 문학이 나타나기 시작한 것이다. 새로운 문학 양식은 문자보다는 영상과 음향의 효과를 적극적으로 수용하는 측면을 지니게 되었다. 디카시 역시 변화된 문학 양식의 일환이라 할 수 있다.

국내 최초의 개인 디카시집 『고성 가도(街道)』(이상옥, 문학의 전당, 2004.)를 필두로 하여 확산된 디카시 운동은 최근 멀티포엠으로서의 역할을 선도해 나가고 있다. 기존의 포토포엠, 포토에세이는 사진과 문자의 유기적 결합을 지향하지 못하였다. 그러나 디카시는 사진과 문자를 융합시키는 데 주력하여 영상과 문자의 '일심동체'의 존재 양식을 구현하였다. 기존의 포토포엠과 차별되는 이러한 전략에 대하여 이상옥은 "포토포엠의 경우 문자시나 이미지가 따로 제시되어도 그 본래의 의미를 크게 벗어나지 않는 반면, 디카시의 경우엔 문자나 영상이 따로 제시되어 기능할 수 없다는 것이다."(이상옥, 「멀티포엠과 디카시의 전략」, 『한국문예비평연구』 35집, 한국현대문예비평학회, 2011.)라고 논의한 바 있다.

지난 10년의 역사 동안 질과 양에서 많은 발전과 성장을 이룩한 디카시 운동에 대해서 박찬일(「시와 소통-디카시를 중심으로」, 『디카시 세미나 자료집』, 창신대학 문예창작과, 2007. 10. 26.), 김종회(「현대시의 새로운 장르, 디카시-그 미답의 지평과 정체성」, 『디카시』 6호, 도서출판 디카시, 2009.), 김완하(「디카시론의 현재와 미래로의 스펙트럼」, 『디카시』 6호, 도서출판 디카시, 2009.), 이상옥(「다문화 시대 대중문화 미디어로서 디카시」, 『시산맥』 2011. 여름호, 시산맥사. 「멀티포엠과 디카시의 전략」, 『한국문예비평연구』 35집, 한국현대문예비평학회, 2011.), 김석준(「디카시의 시적 지평과 미래」, 『디카시』 2011년 특별호, 도서출판 디카시. 「문화의 위치와 담론의 주체 : 디카시의 문화적 층위」, 『2012 디카시 함안 세미나 자료집』, 2012.), 홍용희(「네오휴머니즘의 생태 시학과 디카시의 가능성」, 『2012 디카시 함안 세미나 자료집』, 2012.), 차민기(「전통 시론으로 풀어본 '디카시'」, 『시와 경계』, 2012. 가을호, 시와경계사.) 등 수많은 논객들은 다양한 각도에서 논의한 바 있다. 이들의 논의는 디카시의 가능성, 전략, 의미망 등을 분석하여 디카시 창작에 이론적 토대를 제공함으로써 디카시 운동이 한국현대문학사에서 온전히 자리매김되도록 하는 데 기여하

였다. 본고는 이들의 연구 성과를 존중하면서 디카시 운동의 문학사적 의
의와 디카시 발전을 위한 제언에 관하여 간략히 논의하고자 한다.

2. 디카시 운동의 문학사적 의의

사진과 시의 결합 형태로 출발한 디카시 운동은 해를 거듭하면서 이질
장르의 단순 조합이 아닌 이형 장르의 창조적 융합을 지향하면서 시와 사
진의 의미를 상호 갱신한 새로운 문학 양식을 선보이게 되었다. 디카시를
만들기 위해서 창작자가 찍은 사진도 시적인 것을 지향하였다는 관점에
서 디카시에 실린 사진 작품의 존재 의의를 평가할 때 사진은 문자와 형
태는 다르지만 유사한 의미망을 지닌다고 할 수 있다.

디카시 운동이 성공할 수 있었던 것은 디지털카메라의 광범위한 보급
에 힘입어 대중화되고 있는 사진 예술을 시 창작에 도입했다는 점에서 일
차적으로 기인하겠으며 또한 사진 예술과 언어 예술의 융합 형태를 창작
자 나름의 다양하고 소박한 기교와 방법을 통해서 구현하도록 한 것이 시
인과 독자 모두에게 설득력을 줄 수 있었기 때문이었다. 특히 현역시인이
아닌 비전문가 그룹이 만든 디카시 작품들까지 아우르는 디카시문화콘텐
츠연구회(회장 이상옥)의 포용정신에서 대중문화시대가 지향하는 예술의
의미를 되새겨 볼 수 있다. 영상과 음향을 중요시하고 고급문화의 경계를
허물고 작가와 독자의 구분까지 모호하게 만드는 대중문화 시대의 분위
기와 잘 어울리는 디카시 운동이 지니는 문학사적 의의를 다섯 가지로 정
리해 보자.

첫째, 텍스트 안에 사진 작품을 적극 수용함으로써 언어 예술로서만 인식되었던 현대시의 외연을 확장시켰다. 물론 시 텍스트 안에 사진이나 그림을 넣는 방식은 이미 오래 전부터 시도되기는 하였으나 영상 언어와 문자 언어의 유기성을 디카시만큼 잘 실현한 예는 드물었다. 그동안 다양하게 시도된 멀티포엠의 형식 중에서 고유한 창작방법론을 토대로 본격적인 장르 개념으로 발전하게 된 것은 디카시가 처음일 것이다.

둘째, 시대 변화에 걸맞는 시창작 방법의 현실화 및 간소화를 통해서 문학의 대중화에 기여하였다. 오늘날은 바야흐로 대중문화의 시대가 되었다. 다원화주의를 표방하는 최근의 대중문화는 고급문화와의 경계를 허물었으며 이는 인터넷 텔레비전 등 영상매체와 연결되면서 문자문화보다는 영상문화를 지향하고 있다. 디카시는 뉴미디어 시대의 새로운 장르로서 멀티포엠 창작의 가장 대중적이고 일반적인 전범을 보여주었다.

셋째, 자연 혹은 농촌의 풍경에 대한 특별한 관심을 기울임으로써 친환경 문학교육에 기여하였다. 2004년부터 시작된 디카시 운동은 경상남도 고성 지역을 기반으로 삼고 있다. 경남 고성군은 아름다운 자연 환경 속에 원형적 문화 유적지와 고유한 전통을 잘 간직하고 있는 곳이다. 이러한 향토적인 공간이 디지털 멀티포엠의 탄생지가 되었다는 것은 일견 아이러니한 측면도 있겠으나 이러한 아이러니 속에서 디카시의 생태문학적인 의의는 강화되고 있다.

넷째, 디카시 관련 다양한 문학 행사와 공모전 개최를 통해서 문학의 현장성을 제고시켰으며 시인 사회의 인간적 연대감 및 친화력을 증진시키는 데 기여하였다. 이상옥 교수가 이끄는 디카시문화콘텐츠연구회는 최근 들어 '2011 디카시 고성', '2012 디카시 함안' 등과 같은 행사를 통해서 경향 각지의 문인을 한데 모아 대동 화합의 장을 열어주었다. 『시인과 농부』(발행처 농어촌희망재단, 2011) 『아라가야』(발행처 농어촌희망재단, 2012) 등의 합동시집까지 발행한 디카시 축전은 전국에서 참여한 시인, 평론가, 독자들의 인간적 친화력을 증진시켰다.

다섯째, 디지털 시대의 도래가 불러일으킨 문자 언어 및 순수문학의 위기를 극복하는 데 기여하였다. 사진과 시의 결합을 통해서 영상적 상상력과 문자적 상상력을 유기적으로 결합시킨 디카시는 시라는 문자 언어에 새로운 생명력을 불어넣어주는 데 기여하였다. 사진은 영상시를 구현하였고, 언어는 문자시를 구현하였는데 한눈에 들어오는 영상시가 천천히 읽어야 할 문자시의 해독을 용이하게 하여 일반 독자들이 시와 더욱 친해질 수 있는 기회를 확산시켰다.

3. 디카시 발전을 위한 제언

디카시 운동이 더욱 발전하기 위해서는 새로운 상상력과 창작 방법을 개발하려는 노력을 지속적으로 해야 한다. 디카시 운동이 새로운 방법이나 방향으로 거듭나려 노력하지 않고 보수적인 틀에만 안주하려 할 때 디카시의 발전된 미래를 보장받을 수 없을지도 모른다. 디카시가 더 많은 창작층과 향유층을 만들어 문화콘텐츠 시대를 선도해 나가기 위한 제언을 다음 다섯 가지로 정리해 보고자 한다.

첫째, 디카시의 창작 소재를 확장해 볼 필요가 있다. 그동안 디카시는 농어촌 공간이나 자연 이미지를 소재로 한 작품들이 주류를 이루었다. 그동안 간행된 『시인과 농부』(2011) 『아라가야』(2011) 등의 작품집을 보더라도 디카시의 소재나 공간은 주로 향토적인 자연이었다. 이제는 디카시의 소재를 좀 더 모던한 세계로 확장시킬 시점이 되었다. 그동안 친환경적이고 자연친화적인 상상력을 보여준 노력 역시 충분한 의미를 지니고 있지만 이제는 그러한 범주에만 디카시의 상상력을 가두어놓을 필요가 없다. 도시적이고 이국적인 소재 역시 디카시의 주요 소재가 되어야 할 때가 되었다.

흐른다는 건 살아있다는 거
살아 누군가의 가슴에 불을 켜고
열기가 되어 사랑을 꽃피운다는 거
이리저리 뒤엉킨 채 흘러가버린 세월조차
남김없이 어디선가 무엇이 되어 빛나고 있다는 거

– 임동확 「전선을 보며」 전문

예 1) 이 작품은 변두리 도시 이미지를 리얼하게 포착한 사진을 수록한 후 문자시를 통해 생의 질곡과 본질에 관한 정서를 형상화하였다.

둘째, 디카시의 본질에 충실하는 범위 안에서 사진의 작품성에 대한 제고 노력이 이루어질 필요가 있다. 그동안 디카시는 주로 핸드폰이나 스마트폰의 사진 기능을 이용했다. 이는 이 기기들이 지닌 휴대 및 조작의 편의성 때문이었다. 그러나 앞으로는 조리개, 셔터의 기능을 살려 촬영한 작품들 또한 디카시의 구성 요소로 폭넓게 수용될 필요가 있다. 즉 디카시 작품에 수록된 사진의 예술성은 디카시의 외연을 확장하는 데 이바지할 것이다. 그러나 포토샵 등을 이용해 편집한 사진은 디카시의 본질인 순간의 집중성 혹은 날시의 상상력과 상충된다는 점에 유의해야 한다.

공기처럼 가볍고 싶어
햇살 한 줌 내주고 싶어
삶의 꼭지점 향해
전속력으로 날아올라
빛으로 부풀어 오르는 하늘정원에
나를 심고 싶어
주소를 바꾸고 싶어

— 최춘희 「이사」 전문

예 2) 이 작품은 카메라의 촬영 기법을 통해서 찍은 사진을 수록한 후 문자시
　　를 통해 새의 형상에 화자의 감정을 적절히 이입하고 있다.

셋째, 개인 창작 디카시집 발간이 활성화되어야 한다. 그동안 여러 사람의 디카시를 모은 사화집을 제외한 개인 창작 디카시집은 이상옥의 『고성가도』(문학의 전당, 2004), 이상범의 『풀꽃시경』(동학사, 2011) 『햇살시경』(동학사, 2012) 등뿐이다. 지난 10년 동안 디카시 마니아들이 많이 늘어났기에 이제는 디카시 시인선을 통해 디카시집이 연속적으로 발간되어야 할 것이다. 디카시를 사랑하는 독자들은 이 시인선을 통해서 우리나라 디카시를 총체적으로 이해하는 기회를 얻게 될 것이다. 반년간 잡지 『디카시』를 간행하고 있는 '도서출판 디카시'에서 이 역할을 선도해야 할 것이며 이러한 작업은 경향 각지의 출판사로 이어져 나가야 한다.

예 3) 최초의 개인 창작 디카시집으로 평가 받는 이상옥 시인의 『고성 가도』(문학의 전당, 2004) 표지 사진.

넷째, 디카시 창작 주체의 모집단을 더 넓혀야 한다. 디카시 운동은 다양한 계층과 지역 그리고 연령대를 아우를 수 있는 전국민적인 운동으로 발전해 나가야 한다. 최근 들어 디카시 마니아층이 현역시인이나 평론가를 넘어서 아동, 청소년, 대학생, 일반인 등 비전문적인 그룹으로 서서히 확산해 가고 있다. 가령 2012 고성 세계공룡엑스포 행사의 일환인 '디카시 공모전', 2012 호서대학교 한국어문화학부 교육역량강화사업의 일환인 '디카시 전문가 양성 과정'(강사 : 정병숙 시인) 등은 디카시 향유층을 확대시킬 수 있는 중요한 계기를 마련해 주었다. 앞으로 디카시 공모전이나 전문가 양성과정을 더욱 다양한 방법과 형식으로 시행하여 디카시 마니아층을 확대 재생산시켜야 할 것이다.

메아리

공영지(호서대학교)

나만을 바라보는
너만을 바라보는
방황하는 울림

예 4) 왼쪽 사진은 2012년 호서대학교 한국어문화학부 교육역량강화 사업의 일환인 〈디카시 전문가 양성 과정〉을 통해서 간행한 디카시집 『영혼을 울리는 디카시』의 표지이며, 오른쪽에 있는 디카시 「메아리」는 어느 건물의 계단을 찍은 사진을 넣고 문자시를 통해 청춘의 사랑과 방황을 형상화한 학생 작품이다.

다섯째, 디카시라는 용어를 국제적 규모의 백과사전에 정식 등재시키고 나아가 디카시 운동을 국제적인 차원에서 보편화시켜야 한다. 아직까지 디카시는 국내 마니아들에 의해서만 창작되고 있는 것 같다. 디카시를 창작하는 외국인 마니아들이 생겨나야 하고 디카시 축제의 무대가 해외 공간으로도 확산되어야 디카시는 명실상부한 시대적인 보편성을 지니게 될 것이다. 이러한 일들의 초석을 만들기 위해서 머지않아 디카시 축제가 외국시인을 초청하거나 해외공간을 배경으로 하여 개최될 수 있기를 기대한다.

4. 결론

디카시 운동이 10년의 시간을 통해서 전국민적인 사랑을 받는 멀티포엠의 중요 갈래로 성장 발전할 것을 예상한 사람은 많지 않았다. 초창기 디카시 운동을 접한 사람들 대다수는 국지적인 동호인 그룹 정도로 디카시 마니아들을 인식하였을 것이다. 지금은 디카시 운동이 디지털 콘텐츠 시대를 선도할 수 있는 새로운 장르 개념으로 발전하고 있음을 부인할 수 없게 되었다.

그동안 디카시 운동은 첫째, 시의 텍스트 안에 사진 작품을 수용함으로써 언어 예술로서 인식되었던 현대시의 외연을 확장시켰고, 둘째, 시대 변화에 걸맞는 시창작 방법의 현실화를 통해서 시의 대중화에 기여하였고, 셋째, 자연 혹은 농촌의 풍경에 대한 특별한 관심을 기울임으로써 친환경 문학교육에 기여하였고, 넷째, 디카시 관련 다양한 문학 행사와 공모전 개최를 통해서 문학의 현장성을 제고시켰고, 다섯째, 디지털시대가 가져온 문자 언어 및 순수문학의 위기를 극복하는 데 일조하였다.

이러한 디카시 운동이 더욱 발전하기 위해서는 첫째, 디카시의 창작 소재를 다양한 공간으로 확장시켜야 하고, 둘째, 디카시의 본질에 충실하는 범위 안에서 사진의 작품성에 대한 제고 노력이 필요하고, 셋째, 개인 창작 시집 발간이 활성화되어야 하고, 넷째, 디카시 창작 주체의 모집단을 더 넓혀 나가야 하고, 다섯째, 디카시라는 용어와 디카시 운동을 국제적인 차원으로 보편화시켜야 할 것이다.

디카시 운동의 태생 배경은 전자기술의 발전과 전자기기의 대중화와 밀접히 관련되어 있다. 이런 맥락에서 디카시는 디지털의 변화 발전 양상에 따라서 더욱 현재적인 양식으로 거듭날 준비를 항상 하고 있어야 한다. 앞으로 디카시는 매체 환경의 변화에 따라 그 대중적 영향력을 점점 더 잃어가게 될 문학의 위기를 극복하고 뉴미디어시대의 문예부흥을 이끌어 내는 데 더 큰 기여를 해야 한다. 이렇게 될 때 디카시는 우리나라를 넘어서 세계적으로 사랑받는 새로운 문화콘텐츠로 자리매김될 것이다.

※ 위 글은 필자가 2013년 5월 25일 '2013 경남 고성 디카시 공모전 시상식' 세미나에서 발표한 같은 제목의 글을 보완한 것이다. 이 자리에서 세심한 지정토론을 펼친 천용희 시인의 논의를 참조하여 수정하였다.

민족 계몽을 향한 사랑의 승화

— 이광수 장편소설 『무정』론

1. 계몽주의자, 이광수

이광수는 1892년 평북 정주군 갈산면에서 출생하였다. 그의 사망에 대해서는 아직도 이견이 분분한데 어느 신문 기사(『중앙일보』, 1991년 7월 27일)는 그가 1950년 12월 초 폐결핵으로 인하여 북한인민군병원에서 사망했다고 밝혔다. 이광수는 친일 작가로 알려져 있으며 그것은 숨길 수 없는 역사적 사실이다. 그러나 6·25 한국전쟁 발발 직후인 1950년 7월 12일 납북되기까지의 그의 삶 전체가 친일적인 것은 아니다. 엄밀히 말하면 그의 친일 행위는 1939년 조선문인협회 회장이 되면서부터 시작했다. 1919년 이광수는 동경에서 2·8 독립선언서를 기초한 후 상해로 망명해 독립신문사의 사장직을 맡기도 했으며, 1937년에는 수양동우회 사건으로 안창호 등과 함께 서대문형무소에 수감되기도 했다. 그러나 1940년에는 카야마(香山光郎)라는 일본 이름으로 개명하고 조선의 청년들에게 일본군

이 될 것을 역설하는 등의 친일 행적을 보여준 것은 안타까운 일이다.

한국현대소설의 초석을 다진 이광수에 대한 연구와 평가는 이루 말할 수 없을 정도로 많다. 그 중 대표적인 것으로, "이광수의 민족개조는 과거의 것은 모조리 나쁜 것이다라는 과거 혐오증과 새로운 것은 무조건 좋은 것이다라는 새것 콤플렉스에 그 기반을 두고 있다. 개조란 과거의 것에 대한 혐오와 새것에 대한 동경의 복합어에 지나지 않는다. 그의 개조의식은 그러므로 과거의 것에 대한 공격에서 시작한다."(김현·김윤식, 『한국문학사』, 민음사, 1973, 192면.)라는 평가와, "이광수(李光洙)의 경우도 작가를 둘러싸고 있는 현실은 부정적(否定的)이었고 냉혹(冷酷)했었다. 그러면서도 그는 현실 개혁 의도를 결코 포기하려 하지 않았다. 시간이 갈수록 밖의 현실은 더욱 부정적이 되어 가고 있었다. 이광수(李光洙)는 이 현실에 대응하면서 자신의 개혁의 방법도 수정(修正)해 갔다. 주체적인 절대의 기준을 가지고 현실의 모순을 개혁하려 한 것이 아니라, 상대적인 세계인식을 토대로 순응적(順應的)인 대응태도(對應態度)를 지속시켜 왔다. 일제의 강점 하에서 온건한 개혁 의도는 무참히 꺾이고 만다. 결국 이광수(李光洙)는 초월(超越)을 통한 현실(現實) 대응태도(對應態度)를 마지막으로 택할 수밖에 없었다."(한승옥, 『이광수연구』, 선일문화사, 1984, 255~256면.)라는 평가가 있다. 이광수에 대한 이러한 평가들은 긍정적이든 부정적이든 간에 대체로 그 문학의 계몽성을 염두에 두고 있다.

이광수 문학의 총체적 구조가 계몽사상을 근간으로 삼고 있음을 부인할 연구자는 드물 것이다. 이광수의 이러한 계몽사상이 서구 혹은 일본의 주요 소설가들의 문학사상과 연결되고 있다는 사실 또한 심층적으로 이해할 필요가 있을 것이다.(이광수에 대한 비교문학적 논의로는 '이선영, 「춘

원의 비교문학적 고찰」, 김현 편, 『이광수』, 문학과지성사, 1977을 참고할
수 있다. 이선영은 이 논문에서 이광수가 톨스토이로부터 받은 영향을 면
밀히 분석하고 있다.)

2. 전통과 현대의 갈등, 그리고 사랑의 삼각관계

「무정」이 발표된 시기는 1917년이다. 이 시기는 조선의 봉건적 질서와
서구의 현대적 가치관이 공존하던 때이다. 이광수는 구시대적 질서 중에
서도 특히 유교적 가치관에 대하여 매우 부정적인 견해를 가지고 있었다.
이광수에게 유교적 세계 구조는 그가 태어난 사회의 중요한 정신적 근간
임이었음에도 불구하고 그는 유교적 가치관이 지닌 거의 모든 것들을 바
람직하지 못한 것으로 인식하였다. 그는 조선이 자주적인 근대 국가로 발
전하지 못한 채 일본제국주의의 식민지로 전락할 수밖에 없었던 중요한
이유가 유교의 구태의연함에 있다고 생각했다. 이광수가 서구적 가치관
을 바람직한 근대의 표상으로 적극 수용한 것 역시 유교에 대한 반발 심
리에서 기인했다. 「무정」은 이광수가 지닌 이러한 세계관을 입체적으로
보여주는 작품이다.

「무정」에는 선형과 영채 등 두 여자 주인공이 등장한다. 이들 두 여인은
'신과 구' 혹은 '동과 서'라는 두 가지 세계 구조를 상징한다. 영채가 봉건
적이고 유교적인 세계관을 보여주는 인물이라면, 선형은 근대적이고 기
독교적인 세계관을 보여주는 인물이다. 이 두 여인의 삶에 대한 형식의
개입을 통하여 소설은 전개된다. 이 두 여인 사이에서 복합한 대응을 보

여주는 형식의 내면심리는 근대적인 세계관과 전근대적인 세계관 사이에서 갈등했던 작가 이광수의 내면의식과 흡사하다. 형식은 선형과 영채 사이에서 묘한 삼각관계의 중심축을 이루고 있는데 형식이 선형을 택하긴 했음에도 불구하고 영채에 대한 연민으로 인하여 이 삼각관계를 완전히 와해시키지 못한 것은 이광수의 세계관 속에 존재하는 이중적 태도에서 비롯된다.

이 작품에서 가장 비극적인 삶을 보여주는 사람은 영채이다. 영채는 박진사의 딸이다. 박진사는 몰락한 조선의 선비이다. 그의 몰락은 개인적인 잘못에 의한 것이 아니라, 민족의 미래를 위하여 교육 운동을 한 대가이다. 박진사와 그의 아들은 옥에 갇히고 영채는 가족을 구하겠다는 일념으로 기생이 되지만 오히려 영채의 몰락은 박진사의 죽음을 야기하는 원인이 되고 만다. 영채는 아버지 세대의 전통에 순응하는 유교적인 세계관을 지닌 인물이다. 그래서 그는 아버지가 선택해 준 배필인 형식을 찾기 위하여 부단히 노력한다. 기생이 된 영채에게 형식은 마지막 희망이었다. 그러나 근대적인 교육을 받은 형식의 마음은 이미 영채를 떠나서 선형에게 가 있었다. 영채에 대한 형식의 마음은 사랑보다는 동정과 연민에 더 가까웠다. 형식의 선택을 받지 못한 영채는 병욱과의 만남을 통하여 자신이 가졌던 유교적 세계관의 한계를 깨달으면서 근대라는 새로운 세계에 눈뜨게 된다.

영채에 비해 선형은 이미 개화된 여성이다. 그는 부유한 장로인 아버지 아래에서 유복한 삶을 살아온 인물이다. 그의 현대적인 미모는 형식의 마음을 사로잡기에 충분했다. 형식은 선형과의 약혼을 통하여 미국 유학이라는 꿈까지 실현할 수 있게 된다. 형식에게 선형의 삶은 김장로의 삶과 맞물려서 인식된다. 형식은 김장로의 삶을 완전히 긍정하지는 않았다. 형식은 김장로의 서재에 꽂힌 책들을 보면서 "서양 사람의 문명의 내용은 모르면서 서양 옷을 입고, 서양식 집을 짓고, 서양 풍속을 따름을 흉내가 아니라면 무엇이라 하리요"라고 말한다. 형식이 이와 같이 말한 것은 김장로와 선형이 아직 완전한 개화를 이루지 못한 얼치기 현대인이라고 생각했기 때문이다. 그러나 얼치기 개화라고 하더라도 미개화의 상태보다는 낫다고 여겼기 때문에 형식은 선형을 아내로 받아들일 수 있었다. 형식이 영채에 대한 미안함에도 불구하고 선형을 선택하는 것은 구시대적 삶과의 절연을 의미한다. 형식은 이러한 주체적인 선택을 영채에게 보여줌으로써 영채 역시 속히 개화하기를 희망했다.

3. 작은 사랑에서 큰 사랑으로

「무정」은 개인적인 사랑을 민족적인 사랑으로 승화시키는 것을 통하여 민족적 이상주의와 계몽적 정열을 보여준다. 「무정」은 자유연애 사상을 고취하는 연애 소설의 구조를 지니면서 이러한 연애의 삶 역시 민족의 발전과 조국의 근대화를 위한 대승적인 차원으로 나아가야 함을 형식의 세계관을 통하여 역설한다. 형식은 신세대의 전형적 인물이면서도 구시대의 교육과 신교육을 동시에 섭렵한 입체적인 인물이다. 그는 옛 은사의 딸인 영채에 대하여 의리를 지녔음에도 불구하고 결국 현대적인 삶의 구조 속에 있는 선형을 선택함으로써 자신에게 혹은 우리 민족에게 더욱 시급히 요청되는 것이 무엇인가를 알려준다. 기생이 되어 있는 영채를 구하거나 배학감에게 겁탈당한 영채를 찾기 위해서 평양까지 가는 수고를 아끼지 않으면서 영채가 하루 속히 개화하기를 바라는 형식의 마음 역시 여기에 맞물려 있다.

영채의 삶이 극적으로 반전되는 것은 형식에 의해서가 아니라 병욱에 의해서이다. 자살을 결심한 영채가 병욱의 설득에 의해 동경 유학을 떠나게 되는 것은 영채의 삶 역시 근대화의 과정을 통하여 거듭날 수 있음을 암시한다. 기차간에서 우연히 만난 영채, 병욱, 형식, 선형은 삼랑진 수해 현장을 찾아가서 자선 음악회를 연다. 여관에 돌아와서 형식이 밝히게 되는 각오는 선형에 대한 선택이 궁극적으로는 민족적인 행복을 위한 것이었음을 암시한다. 형식은 선진국인 일본이나 미국 유학을 통하여 신학문을 시급히 배워 와야 하며 이는 모두 다 조국의 근대화를 위한 것이라고 역설한다. 이 지점에서 「무정」은 계몽사상을 강하게 드러낸다. 이 점에서 형식은 작가 이광수의 세계관을 전파하는 역할을 한다.

형식은 한참 고개를 숙이고 앉았더니,
"옳습니다. 우리가 해야지요! 우리가 공부하러 가는 뜻이 여기 있습니다. 우리가 지금 차를 타고 가는 돈이며, 가서 공부할 학비(學費)를 누가 주나요? 조선(朝鮮)이 주는 것입니다. 왜? 가서 힘을 얻어 오라고, 지식을 얻어 오라고, 문명을 얻어 오라고. …… 그리해서, 새로운 문명 위에 튼튼한 생활의 기초를 세워 달라고. …… 이러한 뜻이 아닙니까?"

형식과 선형의 결합과 마찬가지로, 영채와 병욱의 만남 역시 조국의 근대화를 위한 것이라는 점이 작가의 상황 설정이다. 결말 부분에서 만난

네 명의 청춘 남녀들은 조국과 민족의 어려운 현실을 다시금 직시하고 외국에 나가 신학문을 열심히 배워와 조국을 위해 봉사할 것임을 다짐한다. 작가가 삼랑진에서의 만남을 설정해 놓은 것은 계몽적 주제를 더욱 확고히 하기 위해서이다. 주인공들의 심리 묘사에도 신경을 쓴 연애 소설의 구조를 띠면서 전개된 「무정」은 결말 부분에 이르러 대승적인 삶을 향한 젊은이들의 만남이라는 주제의식을 표면적으로 드러내게 된다. 이는 작가의 섬세한 의도에 의한 것이며 이광수 소설 전반에 나타난 계몽적 세계 인식 방법을 잘 보여준다.

혼탁한 세상에 대한 고발과 성찰

— 채만식 장편소설 『탁류』론

1. 풍자의 대가, 채만식

채만식은 1902년 전북 옥구에서 출생하였고, 1950년 전북 익산에서 사망하였다. 서울 중앙고보를 졸업하고 일본 와세다대학 영문학과를 수학한 그는 1924년 이광수의 추천으로 단편 「세 길로」를 『조선문단』에 발표하면서 문단에 나왔으나 바쁜 기자 생활로 인해 한동안 좋은 작품을 쓰지못했다. 그가 문단에 주목을 받게 된 것은 1932년 「레디메이드 인생」을 발표하면서부터이다. 이 무렵 그는 계급주의 문학 사상에 동조하면서도 온건한 사회 변혁을 추구했던 동반자 작가로 활동하면서 풍자문학의 기틀을 다지기 시작한다. 1936년 개성으로 가서 작품 활동에 전념하면서 장편 『탁류』『태평천하』 등을 집필하였다. 그는 이들 장편을 통하여 식민지 시대를 살다간 민중의 고통스러운 삶을 보여주기도 했고 역사적 비극을 이용하여 비굴하게 살다간 이들을 풍자하기도 했다.

이러한 채만식의 작품 세계에 대하여 김현은 "채만식의 여러 작품들의 기조를 이루고 있는 것은 아이러니이다. 그의 아이러니는 그의 작품을 이루는 문장 하나하나와 그 문장 사이의 행간, 그리고 그의 작품 속에 그가 즐겨 등장시키는 인물들에게서 다 같이 드러난다."(김윤식 · 김현, 『한국문학사』, 민음사, 1973, 299면.)라고 평하고 있으며, 이재선은 "채만식의 작품은 전락한 사회 환경과 정신적인 억압 하에 있는 지식인의 불행한 조건을 거듭 확인하려는 태도와 군거성의 집합적 성격을 가진 도시에서의 잡다한 인간들의 욕망과 악덕 및 이로 인한 파탄 등을 생태학적으로 추구하려는 태도 등으로서 나누어진다."(이재선, 『한국현대소설사』, 홍익사, 1978, 322면.)라고 평하고 있다. 이는 채만식이 동반자 작가로서 시종일관 식민지 현실과 그 현실 속에 살다간 인간 군상에 대한 비판과 성찰의 정신을 형상화했던 점에 강조점을 둔 논의들이라고 하겠다.

위에 제시된 평가들에서도 잘 보이듯, 채만식의 소설은 풍자적이며 반어적인 성격을 지향한다. 채만식 문학이 강한 풍자성을 지니고 있다는 점에는 이견의 여지가 없다. 그의 소설이 지닌 풍자적 구조는 매우 다양한 양상을 띤다. 가령 「논이야기」에서 정부의 잘못된 토지 정책을 비판하는 한생원을 다시 작가가 풍자하는 이중적인 풍자라든가, 「태평천하」에서 봉건적 질서에 대한 그리움을 통하여 식민지 시대의 현실을 긍정적으로 수용하는 윤직원에 대한 풍자는 채만식 문학이 지닌 풍자의 독창성을 한껏 드러내어 보여준다. 또한 『치숙』이나 『소망』 등에서는 이야기를 들려주는 화자를 풍자하는 방식을 통하여 객관적인 시각을 지녔어야 할 화자의 태도 역시 왜곡될 수밖에 없는 현실을 고발한다. 이처럼 채만식의 풍자는 간단하게 정리할 수 없을 정도로 입체적인 깊이를 지니고 있다.

2. 역사의 현장, 비극의 탁류

"탁류"는 말뜻 그대로 '더러운 물의 흐름'을 의미한다. 지방 도시인 군산을 배경으로 하고 있는 이 소설은 도시민의 혼탁한 세태를 심각하게 고발한다. 결국 작가가 들려주고자 하는 것은 왜 탁류가 흐르기 시작했으며 어떻게 탁류는 흘러가 어디에서 끝나게 되는가에 관한 이야기이다. 제목에서 알 수 있듯이, 작가가 바라보는 시대적 현실은 민중의 자발적인 힘에 의해서든 혹은 역사라는 거대한 물줄기에 의해서든 정화되어야 하는 대상이었다. 즉 작가는 매우 부정적인 시각으로 도시 현실을 인식하고 등장인물들이 지닌 비극성을 간파한다.

도시적 공간은 타락의 원인을 자체적으로 잉태하고 있었다. 작가는 이 점을 보여주기 위해서 군산의 모습을 사실적으로 묘사한다. 그가 바라본 군산은 전통적인 것과 현대적인 것, 인간적인 것과 비인간적인 것, 타락한 것과 타락하지 않은 것이 혼재된 모순의 공간이었다. 이 모순의 공간에서 적응하지 못한 채 살아가고 있는 대표적인 인물이 정주사이다. 정주사는 "전주통이니 본정통이니 해안통이니 하는 폭넓은 길들"을 대동맥으로 삼은 군산의 심장부에 위치한 미두장에서 '하바꾼'(내기로 돈을 벌려는 도박꾼) 노릇을 하면서 밑바닥 인생을 살아간다. 그 삶이 더욱 비극적으로 보이는 것은 그가 구학문과 신학문을 두루두루 섭렵한 지식인이었으며 그에게는 오랫동안 군청에서 공무원 생활을 한 경험까지 있었기 때문이다. '하바꾼'으로 살아가는 정주사의 삶은 지식인의 삶 역시 한순간에 타락할 수 있다는 점을 보여준다.

도박으로 많은 재산을 잃고 생계의 위협까지 느끼게 된 정주사는 급기야 착하고 순종적이며 순박한 딸 초봉을 은행원인 고태수에게 팔아넘긴다. 정주사는 고태수가 약속한 돈 때문에 남승재와 연인 관계였던 초봉을 태수에게 준다. 돈에 팔려간 초봉의 삶이 행복할 수 없는 것은 당연하다. 실상 고태수가 제시한 결혼 조건은 모두 거짓이었다. 고태수는 파멸의 시간이 다가오고 있는 사실을 알면서도 초봉과의 결혼을 강행함으로써 아내가 된 초봉을 비극의 정중앙에 몰아넣는다. 유흥비와 도박비로 모든 재산은 잃은 고태수는 장형보의 악랄한 음모로 한참봉에 의해 살해되고 모든 불행을 떠안은 초봉은 군산을 떠나서 서울로 가고자 마음먹는다. 이 과정에서 만나게 되는 인물이 박제호이다. 몸과 마음이 나약해질 대로 나약해진 초봉은 박제호의 첩이 되어 잠시나마 안정을 취하지만 결국 그들의 관계는 오래가지 못하고 다시 초봉은 자신조차 책임지지 못하는 신세가 되었다.

박제호와 이별한 후 만나게 되는 장형보는 초봉의 삶을 더욱 비참하게 만들어 놓는다. 장형보는 여러 부정적인 인물들 중에서도 가장 사악하고 잔인한 인물이다. 작가는 사기꾼 고태수가 한참봉의 손에 의해서 살해되었듯이 장형보 역시 초봉에 의해 살해되어야 할 인물로 설정하였다. 이들 남성들은 모두 민족의 현실을 왜곡하고 역사를 좀먹는 더러운 인물 군상들이다. 초봉이 분노를 이기지 못한 채 장형보를 목 졸라 죽일 수밖에 없었던 것은 장형보에게서 어떠한 가능성도 발견할 수 없었기 때문이다. 주체적 욕망과 필요에 의해서 장형보를 죽임으로써 초봉의 삶은 새로운 국면을 맞이한다. 감옥살이를 해야 하는 비참한 과정을 거쳐야 함에도 불구하고 초봉은 이제까지의 소극적인 삶과는 달리 주체적인 판단과 행동 원리를 스스로 터득하게 되었다. 여러 남성들에 의해서 억압받고 유린당했던 비운의 여인 초봉이 이제야 지나간 삶을 객관적으로 바라볼 수 있는 기회를 얻게 된다. 잔악한 남성들로 인하여 초래된 비극의 정점에서 계봉과 남승재를 만나게 됨으로써 초봉은 감옥에서 나온 다음에 나타날 수 있는 희망의 불씨를 생각하게 된다.

3. 희망의 바다를 향하여

『탁류』에 나타난 채만식의 세계 인식이 전적으로 비극적인 것은 아니다. 작가는 남승재, 계봉 등 긍정적인 인물들의 활약상을 통해서 '썩은 물'의 흐름이 끝나는 곳에서 새로운 바다의 지평이 열릴 수 있을 것이라는 점을 미약하게나마 암시한다. 정주사, 고태수, 김씨, 한참봉, 박제호, 장형보 등 타락한 인물들에 비해 남승재와 계봉은 현실 상황과 타협하지 않는 순수한 열정으로 어려운 삶을 적극적으로 개척하면서 살아간다. 작가는 작품의 후반부에 이르러 이들의 활약상을 제시하여 보여줌으로써 비극의 탁류가 그칠 수 있는 가능성을 시사한다.

남승재는 초봉을 사랑하였으나 장인이 될 장주사의 농간에 의해서 초봉과의 결혼을 이루지 못했다. 그는 자신의 삶을 행복하게 만들려고 노력하기보다는 그가 만난 불행한 사람들을 구제하는 데에 더 많은 열정을 쏟아 붓는 대승적인 인물이다. 즉 자본주의적 현실에 적응하려고 애쓰기보다는 그 현실을 정화하려고 고군분투했다. 이 점에서 남승재는 현실적인 태도를 지향한 계봉과도 구분된다. 남승재는 의사 보조 역할을 하면서 터득한 의술로써 많은 사람들을 위해 봉사한다. 그러나 그 역시 고아 출신으로서 그다지 유복한 삶을 살아오지 못했으며 또한 완전한 의사도 아니었다. 남승재라는 인물을 긍정적인 인물로 내세움으로써 작가는 봉사라는 것이 꼭 많은 재산과 뛰어한 학문에 의해서만이 이루어지는 것이 아니라는 사실을 강조하였다. 오히려 남승재는 자신이 처해왔던 현실적 조건의 열악함으로 인하여 민중들에 대한 더 많은 연민과 동정을 지닐 수 있었다. 그러나 남승재가 민중들에 대한 봉사 활동을 통하여 자신감만을 제고시킬 수 있었던 것이 아니었다. 그는 희망과 절망을 동시에 지닌 인물이었다. 거대한 탁류를 바로 세우기 위해서는 자신의 힘이 너무나 미약하다는 사실을 잘 알고 있었다.

계봉은 언니의 애인이었던 남승재와의 관계를 적극적으로 만들어 나간다. 계봉은 아버지에 의해서 '매매혼'을 당한 초봉과는 완전히 다른 인물이다. 작가는 계봉과 초봉을 대조적인 인물로 설정함으로써 계봉과 함께한 추악한 탁류가 초봉에 의해서 정화될 수 있는 가능성을 제시한다. 계봉은 처음부터 초봉과 고태수의 결혼을 적극 반대함으로써 가부장제적 현실 속에서도 부성의 잘못된 권력에 맞설 수 있는 여성성의 적극성을 보여준다. 또한 그는 초봉처럼 남성에 끌려 다니면서 그들의 도움에 의해서 생활을 이어나가는 소극성을 탈피하여 스스로 백화점의 점원이 되어 가난한 삶을 이겨내기 위한 근면성을 발휘한다. 그녀 역시 자본주의적 삶에 적응하여 돈을 벌기 위해서 노력하는 인물이기는 하지만 여타의 인물들이 보여준 부정적인 자본 획득 수단에는 아예 관심을 가지지 않는다. 초봉이 지향한 삶의 자세는 자본주의적 도시 현실을 어떻게 개척해야 하는가에 대한 작가의 생각을 엿볼 수 있게 한다.

그럼에도 불구하고 이 소설의 주인공은 초봉이며, 남승재와 계봉은 초봉에 비하면 부수적인 인물에 지나지 않는다. 결국 작가는 이 소설의 주제를 초봉의 비참한 삶을 통하여 나타난 식민지 현실의 세태를 고발하는 것에 두었으며, 남승재와 계봉을 통해서 이루어진 비극 정화의 가능성은 부수적인 주제에 그치고 만다. 요컨대 이 소설은 혼탁한 역사의 현장을 구체적으로 고발하였으나 그 현실의 개조 가능성을 완전히 보여주지 못했으며 다만 그 가능성의 시작을 열어놓았다.

동화적 비현실성 속에 깃든 상처 받은 영혼들의 죄의식

— 최치언 작 문삼화 연출 연극 〈언니들〉론

1. 비극적 기억과 나를 향한 여행

최치언 작 문삼화 연출 〈언니들〉은 상처 받은 영혼을 지닌 세 여성들의 내면에 깃든 본능과도 가까운 죄의식에 관한 이야기이다. "인간은 죄를 통해 자신이 누군지를 알게 되는 것이 아닐까라는 고민을 통해 당대의 사회적 윤리와 도덕을 넘어선 인간 본연의 죄의식을 다루는 작품을 써야겠다"라는 작가의 '기획 의도'나 "이렇게 밑도 끝이 없이 심리를 파고들어가는 작품도 흔치 않은데, 굉장히 앞서나가는 글쓰기란 생각이 들"(『객석』, 2009년 11월호)었다는 연출가의 이야기에서도 알 수 있듯이 이 작품은 고통스러운 내면의식 속에서 만들어진 '기억의 감옥'을 배회하면서 좌충우돌의 발언과 행동을 일삼는 세 주인공이 자신의 존재성을 인식해 나가는 과정을 형상화하는 데 성공하고 있다. 아담과 하와가 따먹은 선악과(善惡果)에서 비롯된 '기독교적 원죄'를 언급하지 않더라도 죄의식이란 언제나 욕망의 문제와 밀접히 맞물린다는 점은 누구나 잘 알고 있는 사실이다. 정당방위(正當防衛)적 성격에서 출발한 기억 속 욕망은 점차 복잡해지고 미묘해지면서 그들 스스로 죄의식의 국면을 만들기도 하고 해체시키기도 한다. 끊임없이 기억을 돌이키고 또한 기억을 재구성하는 이들의 이상야 릇하며 애매모호한 행동은 다채로운 역설과 반어의 성격을 띠면서 그들 존재의 근원을 향한 질문을 던진다.

　세쌍둥이의 몸으로 한날한시에 세상 밖으로 나온 이들 세 여성들은 당연히 비슷한 경험을 가지고서 성인 아닌 성인으로 성장하게 되는데 그들의 기억 속에 있는 온갖 사연들 속에는 언제나 피해갈 수 없는 죄의식이 도사리고 있었다. 기억을 지배하는 세 사람은 아빠와 엄마와 삼촌이었다. 무책임한 부성이 사라진 자리에서 새로운 폭력 세력으로 자리했던 엄마와 삼촌에 대해 세 자매가 떠올리는 증오 속에도 죄의식이 있었다. 옥수수농장이라는 갇힌 공간 속에서 조금씩 자란 막연한 소망의 싹을 안은 이들은 드디어 삼촌이 타던 고물 자동차를 몰고 서로 달리 꿈꾸던 세 남자친구들을 만나기 위해 동창회로 향한다. 그러나 이 소망 역시 죄의식에서 비롯되었으며 또한 새로운 죄의식을 만들어내는 동기가 된다. 이점에서 "죄의식은 폭이 넓은 개념으로 금기된 것을 어길 때 발생하는 불안, 공포, 막연한 희망까지도 포함하고 있다"라는 작가의 '기획 의도'를 다시 떠올리게 된다. 이 탈출의 과정은 죄의 수렁으로 다시금 돌아오는 과정이기도 했기 때문이다.

2. 증오와 동경이 맞물린 한판 놀이

자매들이 기억하는 '무책임한 아버지'와 '정신 나간 어머니'는 이들에게
또 하나의 허수아비였다. 그들은 아버지라는 '존재적 부재'와 어머니라는
'부재적 존재'를 끊임없이 증오하지만 그 증오는 때로는 가족의 결핍 요소
에 대한 동경의 정서와 복잡하게 맞물리기도 한다. 자의든 타의든 자신들
과 성적인 관계를 맺었던 삼촌이라는 우상을 기억의 서사 속에 단단하게
자리매김하는 이유 역시 결핍에 대한 보상심리에서 비롯된다. 모성과 부
성이 비정상적으로 결합된 "삼촌"이라는 존재에 대해서 자매들은 양가적
태도를 드러내 보인다. 이러한 이중적인 지향성은 인간 삶을 향한 세 자
매의 태도에서도 그대로 나타난다. 〈언니들〉의 이야기는 증오와 동경이
맞물린 한판의 살풀이 굿이다. 우화적 형식의 차용을 통하여 주인공의 심
리와 극적 요소들은 환상적 세계와 소통한다. 계절의 순환에 따라 끊임없
이 모습을 바꾸는 옥수수밭, 들판 위를 날아다니는 음산한 까마귀 떼, 완
전히 찌그러진 마차, 뻐드렁니, 누런코, 소방울 등 이 연극에 등장하는 거
의 모든 요소들은 은유의 세계를 넘어서 기호와 상징의 세계와 소통한다.
세 자매를 "증오 인내 사랑" 등으로 명명한 것 역시 이들 모두의 내면에서
비슷하게 미끄러져 내리는 무의식을 일정 정도 기호화하고 있다.

세 자매들이 자아를 발견하는 곳에는 언제나 웃음과 울음이 뒤섞인 만
담(漫談)의 놀이가 있었다. 국그릇에 제초제를 넣어 엄마를 불구로 만든
것도 놀이이며, 삼촌의 뒤통수를 쳐서 개울물에 빠뜨려 죽인 것도 놀이이
며, 삼촌이 남긴 낡은 차를 타고 동창회를 가는 도중 일으킨 사고도 놀이

이며, 허수아비의 생명을 확인하는 유머러스한 과정도 놀이이며, 허수아비와 성적으로 결합하는 몽상적 행위도 놀이이며, 두 언니가 죽고 셋째의 아기가 태어나는 과정 또한 한판 놀이가 아닐까. 그들에겐 증오와 인내, 소망과 사랑 속에서 흘러갔던 세상만사 모두가 놀이였다. 그들은 이 놀이 속에서 자아를 과시했고 또한 자아를 연민했다.

3. 죄의식이 순환하는 '연극 속 연극'

세 주인공들은 강한 자기 보호 본능을 가지고 있었다. 이러한 본능은 동료에 대한 억압적인 무시와 폭로적인 질타로 이어졌다. 자신과 자매들의 죄악과 상처를 매정하게 드러내려는 대사들 속에서 자신과 자매들의 죄의식을 인정하고 그것을 객관화하려는 무의식 또한 읽을 수 있었다. 이러한 과정을 거치면서 죄와 벌은 자신만의 것이 아니라, 자매들이 함께 짊어져 나누는 것이 된다. 나아가 이것은 한 세대만의 것이 아닌 여러 세대로 유전(遺傳)하는 것이며, 여성들만의 문제가 아닌 인간 존재 모두의 것으로 확산된다. 죄의식이 보편화하는 서사를 통하여 관객들은 조금씩 감싸 안아진 죄의식의 옹이를 발견하게 될 것이다. 이때 비로소 여성성은 보편적 존재성으로 융화한다. 〈언니들〉에서 여성적 문제를 초월하는 인간 삶의 비극성을 읽을 수 있는 이유가 여기에 있을 것이다. "전체적인 작품의 테마를 죄의식으로 잡았습니다. 스스로 만들어서 그 안에 갇혀버리는 운명적인 굴레로서의 죄의식이죠. 하지만 이를 꼭 여성의 시선으로 바라보기보다는 보다 보편적인 인간의 죄의식으로 그려낼 생각입니다."(『객석』, 2009년 11월호)라는 연출가의 설명 또한 이 맥락에서 이해할 수 있겠다.

얽혔다가 풀리고 풀렸다가 얽히는 원한과 죄악의 쳇바퀴 속에서 다시금 모호한 에로티시즘에 빠져들었다가 다시금 이 일을 현실에 없었던 꿈과 같은 일이라고 치부해 버리는 세 자매의 다중적 인격은 참으로 기괴하고 경이롭다. 그렇다면 그들이 떠올린 기억과 그들이 일으킨 살인과 사고는 모두 비실재적 허구에 불과한 것이라는 말인가? 작품의 말미에서 등장인물들이 역할을 바꾸고 무대의 모습은 연극의 처음 장면으로 돌아갈 때 〈언니들〉은 '연극 속 연극' 같은 느낌마저 준다. 죄의식의 순환성이 강조되는 연극의 끝부분을 설명하는 이 지점에서 "이들은 서로 지어낸 이야기 속에서 행위를 주고받고, 감정적인 카타르시스를 느낀 뒤 다시 원점으로 돌아갑니다. 그건 그 자체로 의식적인 행위에요. 이들 나름대로는 역할놀이를 통해 무언가를 해소하려 하는 거죠. 그것이 무엇인지는 여러 가지로 생각해볼 수 있겠지만, 일단 자신이 증오하는 대상, 사랑하는 대상을 대상화시켜서 의식적인 행위를 했을 때 저는 분명 무언가 풀리는 게 있다고 봐요."라는 작가의 발언(『객석』, 2009년 11월호)을 참조해 볼 필요가 있겠다.

국내 참고문헌

계희영, 『약산 진달래는 우련 붉어라 : 김소월의 생해』, 문학세계사, 1982.

고재석, 『한국근대문학지성사』, 깊은샘, 1991.

고형진, 『한국 현대시의 서사지향성 연구』, 시와시학사, 1995.

_____, 『또 하나의 실재』, 새미, 2003.

_____, 『백석시를 읽는다는 것』, 문학동네, 2013.

권정우, 「정지용 시의 탈근대 정서 연구」, 『어문총론』 54호, 한국어문학언학학회. 2011. 6.

김기중, 「지훈 시의 이미지와 상상력 구조」, 『민족문화연구』 22호, 고려대 민족문화연
　　　구소, 1989.

_____, 「청록파 시의 대비 연구」, 고려대 대학원 박사논문, 1990.

김대행, 『한국현대시사연구』, 일지사, 1983.

김문주, 「조지훈 시에 나타난 생명의식 연구」, 고려대 대학원 석사논문, 1997.

_____, 「한국 현대시의 풍경과 전통─정지용과 조지훈의 시를 중심으로」, 고려대 대
　　　학원 박사논문, 2005. 7.

김미선, 「한용운의 한시 연구」, 청주대 대학원 석사논문, 1989.

김석준, 「디카시의 시적 지평과 미래」, 『디카시』 2011년 특별호, 도서출판 디카시,
　　　2011.

_____, 「문화의 위치와 담론의 주체 : 디카시의 문화적 층위」, 『2012 디카시 함안 세미나 자료집』, 2012.

김석환, 「정지용 시의 기호학적 연구—공간기호체계의 구축과 변환을 중심으로」, 명지대 대학원 박사논문, 1992.

김신정, 『정지용의 문학세계연구』, 깊은샘, 2001.

김영기, 『한국문학과 전통』, 현대문학사, 1973.

김영도, 「융합 콘텐츠를 위한 장르 전략 ; 포토포엠」, 『한국문학이론과 비평』 36집, 한국문학이론과 비평학회, 2007.

김영민, 『한국근대소설사』, 『솔』, 1997.

김완하, 「디카시론의 현재와 미래로의 스펙트럼」, 『디카시』 6호, 도서출판 디카시, 2009.

김용직, 「열정과 행동 : 오장환론」, 『한국현대시 해석 비판』, 시와시학사, 1993.

김용희, 『현대시의 어법과 이미지 연구』, 하문사, 1996.

김우창, 『궁핍한 시대의 시인』, 민음사, 1974.

김윤식, 「식민지의 허무주의와 시의 선택」, 『문학사상』 8호, 문학사상사, 1973. 5.

_____, 「무속에서 전개되는 변증법 : 시인부락의 어떤 생리와 논리」, 『시와시학』 23호, 시와시학사, 1996. 가을.

_____, 『한국현대시론비판』, 일지사, 1975.

_____, 『근대시와 인식』, 시와시학사, 1992.

_____ · 김   현, 『한국문학사』, 민음사, 1973.

김은자 편, 『정지용』, 새미, 1996.

김인환, 『상상력과 원근법』, 문학과지성사, 1993.

김재용 편, 『오장환 전집』, 실천문학사, 2002.

김재홍, 「만해 상상력의 원리와 그 실체화 과정의 분석」, 『국어국문학』 67호, 국어국문학회, 1975.

김종태, 「근대 체험의 아이러니–'유선애상(有線哀傷)' 론」, 이숭원 외, 『시의 아포리아를 넘어서』, 이룸, 2001.

_____, 「정지용 시 연구—공간의식을 중심으로」, 고려대 대학원 박사논문, 2002.

_____, 「정지용 시의 죽음의식 연구」, 『우리어문연구』 16집, 우리어문학회, 2002.

_____, 「김소월 시에 나타난 한의 맥락과 극복 방법」, 『한국문예비평연구』 18집, 한국

　　　현대문예비평학회, 2005.

_____, 「오장환 시의 여성성에 나타난 현실 인식 방법 연구」, 『한국시학연구』 14호, 한
　　　국시학회, 2005.

_____, 「오장환 시에 나타난 질병과 생명의 문제」, 『한국언어문학』 78집, 한국언어문
　　　학회, 2011.

_____, 「윤동주 시에 나타난 절망과 극복 양상」, 『한국문예비평연구』 40집, 한국현대
　　　문예비평학회, 2013.

_____, 『한국현대시와 서정성』, 보고사, 2004.

김종회, 「현대시의 새로운 장르, 디카시―그 미답의 지평과 정체성」, 『디카시』 6호, 도
　　　서출판 디카시, 2009.

김준오, 『현대시의 환유성과 메타성』, 살림, 1997.

_____, 『시론』, 삼지원, 2002.

김지연, 「조지훈 시 연구」, 숙명여대 대학원 박사논문, 1994.

김진희, 『생명과 시의 모더니티』, 새미, 2003.

김태곤, 『한국무속연구』, 집문당, 1995.

김학동, 『정지용연구』, 민음사, 1987.

_____, 『오장환연구』, 시문학사, 1990.

_____, 『오장환평전』, 새문사, 2004.

_____ 편, 『오장환 전집』, 국학자료원, 2003.

김흥규, 「시인인가 혁명가인가」, 『문학사상』 71호, 문학사상사, 1978. 8.

김희철, 「한국현대시에 나타난 불교사상 연구」, 동국대 대학원 박사논문, 1978.

남기혁, 「정지용 중·후기시에 나타난 풍경과 시선, 재현의 문제―식민지적 근대와 시
　　　선의 계보학(4)」, 『국어문학』 47집, 국어문학회, 2009.

노대환, 『문명』, 소화, 2010.

노창수, 「소월시에서 한에 이르는 시의식의 변화」, 『조선대인문과학연구』, 조선대 인
　　　문과학연구소, 1989.

노　철, 『시교육 방법과 실제』, 보고사, 2002.

맹문재, 『만인보의 시학』, 푸른사상, 2011.

문덕수, 『니힐리즘을 넘어서』, 시문학사, 2003.

문혜원, 『한국현대시와 모더니즘』, 신구문화사, 1996.

_____,『한국현대시와 전통』, 태학사, 2003.

박경혜,「조지훈 문학 연구」, 연세대 대학원 박사논문, 1992.

박민규,「위생의 근대와 생명파 : 서정주와 오장환의 시」,『한국근대문학연구』20호, 한
　　　국근대문학회, 2009. 10.

박원길,「한용운 한시 연구」, 전북대 대학원 석사논문, 1988.

박윤우,「오장환 시 연구」, 서울대 대학원 석사논문, 1988.

박은미,「오장환 시에 나타난 에로스적 상상력 연구」,『한국시학연구』8호, 한국시학회,
　　　2003.

박의상,「만해시와 이상시의 아이러니 연구」, 인하대 대학원 석사논문, 1985.

박이문,『시와 과학』, 일조각, 1975.

박정환,「만해 한용운 한시 연구」, 충남대 대학원 박사논문, 1991.

박찬일,「시와 소통—디카시를 중심으로」,『디카시 세미나 자료집』, 창신대학 문예창
　　　작과, 2007. 10. 26.

박태일,『한국근대문학의 실증과 방법』, 소명, 2004.

박현수,「오장환 초기시의 비교문학적 연구」,『한국시학연구』6호, 한국시학회, 2001.

박호영,「조지훈 문학연구」, 서울대 대학원 박사논문, 1988.

서연호,『한국근대희곡사』, 고려대출판부, 1994.

서익환,「조지훈시 연구」, 한양대 대학원 박사논문, 1989.

_____,『조지훈 시 연구』, 우리문학사, 1991.

_____,『조지훈 시와 자아 · 자연의 심연』, 국학자료원, 1998.

서정주,『한국의 현대시』, 일지사, 1969.

서종택,『한국근대소설의 구조』, 시문학사, 1994.

서준섭,「불교적 소재의 시적 변용과 그 의미—승무론」, 정한모 · 김재홍 편저,『한국
　　　대표시평설』, 문학세계사, 1983.

손봉호,『고통 받는 인간』, 서울대출판부, 1995.

송영순,『모윤숙 시 연구』, 국학자료원, 1997.

_____,『현대시와 노장사상』, 푸른사상, 2005.

송재갑,「만해의 불교사상과 시세계」, 동국대 대학원 석사논문, 1977.

송희복,『김소월 연구』, 태학사, 1994.

신규환,『질병의 사회사—동아시아 의학의 재발견』, 살림, 2006.

신범순,『한국현대시의 퇴폐와 작은 주체』, 신구문화사, 1998.

신상철,「한국현대시에 나타난 님의 연구」, 동아대 대학원 박사논문, 1983.

신현락,『한국 현대시와 동양의 자연관』, 한국문화사, 1998.

심재휘,「오장환 연구」, 고려대 대학원 석사논문, 1989.

양왕용,『정지용 시 연구』, 삼지원, 1988.

염무웅,「만해 한용운론」,『창작과비평』 26호, 창작과비평사, 1972. 겨울.

오성호,「'성벽'에서 '붉은 산'까지의 거리」,『민족문학사연구』 6권 1호, 민족문학사학
　　　　회, 1994.

오세영,「침묵하는 님의 역설」,『국어국문학』 65~66 합본호, 국어국문학회, 1974. 12.

＿＿＿,「한의 논리와 그 역사적 의미」,『문학사상』 51호, 문학사상사, 1976. 12.

＿＿＿,「탕자의 고향 발견」, 권영민 편,『월북문인연구』, 문학사상사, 1989.

＿＿＿,『한국낭만주의시 연구』, 일지사, 1980.

＿＿＿,『20세기 한국시 연구』, 새문사, 1989.

＿＿＿,『한국근대문학론과 근대시』, 민음사, 1996.

＿＿＿,『김소월, 그의 삶과 문학』, 서울대출판부, 2000.

오탁번,「만해시의 어조와 의미」,『사대논집』 13집, 고려대 사범대, 1988.

＿＿＿,『현대문학산고』, 고려대출판부, 1976.

＿＿＿,『한국현대시사의 대위적 구조』, 고려대 민족문화연구소, 1988.

＿＿＿,『오탁번시화』, 나남, 1998.

＿＿＿,『현대시의 이해』, 나남, 1998.

＿＿＿,『헛똑똑이의 시읽기』, 고려대출판부, 2008.

오태환,『미당 시의 산경표 안에서 길을 찾다』, 황금알, 2007.

＿＿＿,『경계의 시 읽기』, 고려대출판부, 2008.

오하근,『김소월 시어법 연구』, 집문당, 1995.

원명수,「정지용시에 나타난 소외의식 연구」,『어문학』 52호, 한국어문학회, 1991.

유성호,『한국현대시의 형상과 논리』, 국학자료원, 1997.

유종호,「임과 집과 길」,『동시대의 시와 진실』, 민음사, 1982.

＿＿＿,『시란 무엇인가』, 민음사, 1995.

＿＿＿,『다시 읽는 한국시인』, 문학동네, 2002.

윤동재,『한국현대시와 한시의 상관성』, 지식산업사, 2002.

윤재근, 「만해시의 '나'와 '님'」, 『월간문학』, 월간문학사, 1983. 2.

윤주은, 『소월의 이름을 부르노라』, 태성출판사, 1994.

이건제, 「이상 시의 텍스트와 시의식 연구」, 고려대 대학원 박사논문, 2002.

_____, 「윤동주 시의 상징과 시적 육체」, 『어문논집』 제52집, 민족어문학회, 2005.

이경교, 「맺힘과 풀림의 시학—김소월의 초혼을 무속적 입장으로」, 『목멱어문』 4호, 동국대, 1991.

이광호, 『위반의 시학』, 문학지성사, 1994.

이길연, 「정지용의 '바다' 시편에 나타난 기하학적 상상력」, 『우리어문연구』 25집, 2005.

이남호, 『한심아 영혼아』, 민음사, 1986.

_____, 『문학의 위족 1(시론)』, 민음사, 1990.

_____, 『교과서에 실린 문학작품을 어떻게 가르칠 것인가』, 현대문학, 2001.

이동순, 『민족시의 정신사』, 창작과비평사, 1996.

이명찬, 『1930년대 한국시의 근대성』, 소명출판, 2000.

이몽희, 『한국현대시의 무속적 연구』, 1990, 집문당.

이미순, 「한국 근대문인의 고향의식 연구 : 김기진·정지용·오장환을 중심으로」, 『비교문학』 23호, 한국비교문학회, 1999.

_____, 「정지용의 '압천(鴨川)' 다시 읽기」, 『한국시학연구』 5호, 한국시학회, 2001.

이병석, 「만해시에서의 '님'의 불교적 연구」, 동아대 대학원 박사논문, 1996.

이상범, 『풀꽃시경』, 동학사, 2011.

_____, 『햇살시경』, 동학사, 2012.

이상옥, 「다문화 시대 대중문화 미디어로서 디카시」, 『시산맥』 6호, 시산맥사, 2011. 여름.

_____, 「멀티포엠과 디카시의 전략」, 『한국문예비평연구』 35집, 한국현대문예비평학회, 2011.

_____, 『고성 가도』, 문학의 전당, 2004.

이선영, 「춘원의 비교문학적 고찰」, 김현 편, 『이광수』, 문학과지성사, 1977.

이선이, 『만해시의 생명사상 연구』, 월인, 2001.

이숭원, 「정지용 시에 나타난 고독과 죽음」, 『현대시』 3호, 1990. 3.

_____, 『근대시의 내면구조』, 새문사, 1988.

_____, 『현대시와 현실 인식』, 한신문화사, 1990.

_____, 『정지용시의 심층적 탐구』, 태학사, 1996.

_____, 『20세기 한국시인론』, 국학자료원, 1997.

_____, 『정지용 시의 심층적 탐구』, 태학사, 1999.

이승하, 『한국 현대시에 나타난 10대 명제』, 새미, 2004.

이영임, 「인문학, 문화, 멀티미디어」, 『헤세연구』 8집, 한국헤세학회, 2002.

이영춘, 「김소월 시에 반영된 무속성 연구」, 경희대 교육대학원 석사논문, 1988.

이은봉, 「1930년대 후기시의 현실인식 연구 : 백석·이용악·오장환의 시를 중심으로」, 숭실대 대학원 박사논문, 1992.

이재선, 『한국현대소설사』, 홍익사, 1978

_____, 『현대한국소설사』, 민음사, 2002.

이필규, 「오장환 시의 변천 과정 연구」, 국민대 대학원 박사논문, 1995.

이현승, 「오장환 시의 부정의식 연구」, 『한국시학연구』 25호, 한국시학회, 2009.

이형권, 『타자들, 에움길에 서다』, 천년의시작, 2006.

이혜원, 「한용운 김소월 시의 비유구조와 욕망의 존재방식」, 고려대 대학원 박사논문, 1996.

_____, 『세기말의 꿈과 문학』, 하늘연못, 1999.

임성조, 「만해시의 선해적 연구」, 연세대 대학원 박사논문, 1995.

장도준, 『정지용의 시세계』, 태학사, 1994.

장은석, 「오장환 시에 나타난 죽음의 상징 연구」, 고려대 대학원 석사논문, 2004.

정대호, 「한용운 시에 나타난 현실 대응의 논리」, 『국어국문학』 106호, 국어국문학회, 1991.

정신재, 『한국 현대시의 신화적 원형 연구』, 국학자료원, 1995.

정효구, 「정지용의 시 '향수'와 음의 상상력」, 『한국시학연구』 19호, 한국시학회, 2007.

_____, 『한국현대시와 자연탐구』, 새미, 1998.

조동일, 「김소월·이상화·한용운의 님」, 『문학과지성』, 문학과지성사, 1976. 여름.

조지훈, 「한국의 민족시인 한용운」, 『사상계』, 사상계사, 1966. 1.

조창환, 「김소월 시의 운율론적 연구」, 서울대 대학원 박사논문, 1986.

_____, 『한국시의 넓이와 깊이』, 국학자료원, 1998.

조현천, 「토마스 베른하르트와 수전 손택의 '은유로서의 질병'」, 『독일어문학』 21호, 한국독일어문학회, 2003.

주영중, 「오장환 시 연구 : 시의식의 변모 양상을 중심으로」, 고려대 대학원 석사논문, 2000.

진순애, 『한국현대시와 모더니티』, 태학사, 1999.

차민기, 「전통 시론으로 풀어본 '디카시'」, 『시와 경계』 14호, 시와경계사, 2012. 가을.

최동호, 『현대시의 정신사』, 열음사, 1985.

_____, 『평정의 시학을 위하여』, 민음사, 1991.

최두석, 「한국현대리얼리즘 시 연구 : 임화·오장환·백석·이용악의 시를 중심으로」, 서울대 대학원 박사논문, 1995.

_____ 편, 『오장환 전집 1』, 창작과비평사, 1989.

_____ 편, 『오장환 전집 2』, 창작과비평사, 1989.

최민성, 『멀티미디어 상상력과 문화콘텐츠』, 논형, 2006.

최병준, 「조지훈시 연구」, 국민대 대학원 박사논문, 1993.

_____, 『시와 삶의 미학』, 한국문화사, 1997.

최승호, 『한국현대시와 동양적 생명사상』, 다운샘, 1995.

_____, 『서정시의 이데올로기와 수사학』, 국학자료원, 2002.

_____ 편, 『서정시의 본질과 근대성 비판』, 다운샘, 1999.

_____ 편, 『21세기 문학의 동양시학적 모색』, 새미, 2001.

최태호, 「만해·지훈의 한시 연구」, 한국외대 대학원 박사논문, 1994.

하상일, 「현대시의 디지털화와 소통양식의 변화」, 남송우 외, 『문학과 문화, 디지털을 만나다』, 산지니, 2008.

한국정신문화연구원 철학·종교 연구실 편, 『악이란 무엇인가』, 창, 1992.

한승옥, 『이광수연구』, 선일문화사, 1984.

_____, 『이광수』, 건국대출판부, 1995.

한영옥, 『한국현대시의 의식탐구』, 새미, 1999.

_____, 『한국 현대 이미지스트 시인 연구』, 푸른사상사, 2010.

홍용희, 「네오휴머니즘의 생태 시학과 디카시의 가능성」, 『2012 디카시 함안 세미나 자료집』, 2012.

홍일식, 『한국개화기의 문학사상연구』, 열화당, 1980.

황현산, 「이 시를 어떻게 읽을 것인가 13—정지용의 '누뤼'와 '연미복의 신사'」, 『현대시학』 373호, 2000. 4.

국외 참고문헌

가스통 바슐라르, 『공간의 시학』, 곽광수 역, 민음사, 1990.

_____, 『공기와 꿈』, 정영란 역, 이학사, 2000.

그레고리 베이트슨, 『정신과 자연』, 박지동 역, 까치, 1990.

기시모토 히데오, 『종교학』, 박인재 역, 김영사, 1983.

노스롭 프라이, 『비평의 해부』, 임철규 역, 한길사, 1982.

데이비드 리스먼, 『고독한 군중』, 이상률 역, 문예출판사, 1999.

레온 앨트먼, 『성·꿈·정신분석』, 유병희 역, 민음사, 1995.

로제 카이유와, 『인간과 성』, 권은미 역, 문학동네, 1996.

르네 웰렉·오스틴 워렌, 『문학의 이론』, 이경수 역, 문예출판사, 1987.

마이클 하트, 『들뢰즈의 철학사상』, 이성민·서창현 역, 갈무리, 1996.

말틴 하이데거, 『예술작품의 근원』, 오병남·민형원 역, 경문사, 1979.

_____, 『현상학의 근본 문제들』, 이기상 역, 문예출판사, 1994.

_____, 『존재와 시간』, 소광희 역, 경문사, 1996.

메를로-뽕띠, 『의미와 무의미』, 권혁면 역, 서광사, 1985.

미르치아 엘리아데, 『성과 속』, 이동하 역, 학민사, 1983.

_____, 『샤마니즘』, 이윤기 역, 까치, 1992.

미셸 푸코, 『말과 사물』, 이광래 역, 민음사, 1980.

미하일 바흐친, 『문예학의 형식적 방법』, 이득재 역, 문예출판사, 1992.

방동미, 『중국인의 인생철학』, 정인재 역, 탐구당, 1983.

빌 애쉬크로프트·개러스 그리피스·헬렌 티핀, 『포스트 콜로니얼 문학이론』, 이석호
      역, 민음사, 1996.

사빈 멜쉬오르 보네, 『거울의 역사』, 윤진 역, 에코리브로, 2001.

서복관, 『중국예술정신』, 권덕주 외 역, 동문선, 1990.

수전 손택, 『은유로서의 질병』, 이재원 역, 이후, 2002.

_____, 『타인의 고통』, 이재원 역, 이후, 2004.

아니카 르메르, 『자크 라캉』, 이미선 역, 문예출판사, 1994.

아리스토텔레스, 『시학』, 천병희 역, 문예출판사, 1976.

안드레이 타르코프스키, 『봉인된 시간』, 김창우 역, 분도출판사, 1991.

에드가 모랭, 『인간과 죽음』, 김명숙 역, 동문선, 2000.

에드워드 렐프, 『장소와 장소상실』, 김덕현 · 김현주 · 심승희 역, 논형, 2005.

에마뉘엘 레비나스, 『존재에서 존재자로』, 서동욱 역, 민음사, 2003.

에마 융, 『아니무스와 아니마』, 박해순 역, 동문선, 1995.

엘리사벳 퀴블러로스, 『인간의 죽음』, 성염 역, 분도출판사, 1979.

와일더 스미스, 『고통의 역설』, 김쾌상 역, 심지, 1983.

요하네스 피셜, 『생철학』, 백승균 역, 서광사, 1987.

우에다 미요지, 『죽음에 임하는 태도』, 박기현 역, 대한교과서, 1995.

울리히 벡, 『위험사회―새로운 근대(성)을 향하여』, 홍성태 역, 새물결, 1997.

유리 로트만, 『예술 텍스트의 구조』, 유재천 역, 고려원, 1991.

이-푸 투안, 『공간과 장소』, 정영철 역, 태림출판사, 1995.

_____ , 『토포필리아』, 이옥진 역, 에코리브로, 2011.

임마뉴엘 칸트, 『순수이성비판』, 이명성 역, 홍신문화사, 1987.

장 보드리야르, 『시뮬라시옹』, 하태환 역, 민음사, 2001.

장 폴 사르트르, 『문학이란 무엇인가』, 김붕구 역, 문예출판사, 1972.

쟌니 바티모, 『근대성의 종말』, 박상진 역, 경성대학교출판부, 2003.

제러미 리프틴, 『소유의 종말』, 이희재 역, 민음사, 2001.

조르쥬 바따이유, 『에로티즘』, 조한경 역, 민음사, 1989.

_____ , 『문학과 악』, 최윤정 역, 민음사, 1995.

줄리아 크리스테바, 『언어, 그 미지의 것』, 김인환 · 이수미 역, 민음사, 1997.

지그문트 프로이트, 『억압, 증후 그리고 불안』, 황보석 역, 열린책들, 1997.

칼 구스타브 융, 『인간과 무의식의 상징』, 이부영 역, 집문당, 1983.

키에르케고르, 『불안의 개념/죽음에 이르는 병』, 강성위 역, 동서문화사, 2012

프리츠 하이네만, 『실존철학』, 황문수 역, 문예출판사, 1976.

하비 케이, 『과거의 힘』, 오인영 역, 삼인, 2004.

허버트 마르쿠제, 『에로스와 문명』, 김인환 역, 나남, 1989.

제1부 낭만과 역설

시혼의 정수를 타고난 낭만가객 : 계간 『시와표현』 5호, 시와표현사, 2012. 봄.

넋을 깨우는 애틋한 샤머니즘 : 계간 『시평』 44호, 시평사, 2011. 여름.

색즉시공과 자타불이를 지향한 역설의 시 : 계간 『시평』 45호, 시평사, 2011. 가을.

죽음 앞에서 넥타이를 바로잡은 시인 : 계간 『시평』 25호, 시평사, 2006. 가을.

모성과 이념을 향한 염세와 낭만의 시정신 : 계간 『시와표현』 15호, 시와표현사, 2014.
　　가을.

제2부 성찰과 상상

네가 있어 삶은 과일처럼 익는다 : 이기철 시집 『꽃들의 화장 시간』 해설, 서정시학,
　　2014.

화해로운 지구 공동체를 향한 성찰과 전망 : 계간 『시와표현』 2호, 시와표현사, 2011.
　　여름.

결핍의 꽃과 처연한 바람 : 2편의 서평을 결합. 「결핍을 꽃피우는 여관의 생」, 계간 『시
　　평』 10호, 시평사, 2002. 겨울. 「처연해라, 바람의 생이여」, 계간 『시평』 38호,
　　시평사, 2009. 겨울.

뿌리와 날개의 상상력 : 격월간 『정신과표현』 72호, 정신과표현사, 2009. 5~6.

본원의 섭리와 열락의 지평 : 월간 『현대시학』 544호, 현대시학사, 2014. 9.

환멸과 해체의 시학 : 계간 『시와표현』 1호, 시와표현사, 2011. 봄.

제3부 실존과 신생

목마른 시의 길, 쓰디쓴 사랑의 길 : 계간 『시안』 44호, 시안사, 2009. 여름.

순수를 꿈꾸는 자유의 시정신 : 격월간 『정신과표현』 62호, 정신과표현사, 2007. 9~10.

수성(水性)의 상상력과 성소 희구 : 계간 『시와표현』 8호, 시와표현사, 2012. 겨울.

정갈한 성찰과 시원의 그리움 : 이인자 시집 『새의 덧신』 해설, 시안사, 2012.

무상과 실존의 시학 : 격월간 『정신과 표현』 71호, 정신과표현사, 2009. 3~4.

고독한 신생을 위한 낭만의 시정신 : 전서은 시집 『버스는 눈물로 굴러간다』 해설, 시
  평사, 2009.

여성적 죄의식에서 인고적 모성성으로 : 계간 『시로여는세상』 33호, 시로여는세상사,
  2010. 봄.

제4부 유랑과 승화

유랑의 공간과 성찰의 시정신 : 계간 『리토피아』 55호, 리토피아, 2014. 가을.

디카시의 문학사적 의의와 발전을 위한 제언 : 계간 『시와경계』 17호, 시와경계사,
  2013. 여름.

민족 계몽을 향한 사랑의 승화 : 이광수 『무정』 해설, 홍신문화사, 2006.

혼탁한 세상에 대한 고발과 성찰 : 채만지 『탁류』 해설, 홍신문화사, 2005.

동화적 비현실성 속에 깃든 상처 받은 영혼들의 죄의식 : 최치언 극작, 문삼화 연출, 연
  극 〈언니들〉 팸플릿, 2009.

작품

인명, 용어